魔幻偵探所

38

致命翻滾

關景峰　著

新雅文化事業有限公司
www.sunya.com.hk

魔幻偵探所

人物介紹

南森

身分：魔幻偵探所創辦人、領頭羊

年齡：120歲

畢業學校：斯塔福德學院（伏魔系）

學位：博士

捉妖經驗：108年，獲得「捉妖能手」、「怪獸剋星」等稱號

性格：遇事鎮定、善於思考，生氣時聽到幾句好話氣就消了

最具殺傷力的武器：
顯形粉、綑妖繩、無影鋼鐵牆

海倫

身分：魔幻偵探所成員，南森的得力助手

年齡：13歲

畢業學校：劍橋大學（法術系）

學位：學士

捉妖經驗：1 年

性格：開朗、逢事觀察細緻，吵架時總讓着本傑明

最具殺傷力的武器：綑妖繩、凝固氣流彈

本傑明

身分：魔幻偵探所實習生

年齡：11 歲

就讀學校：牛津大學（捉妖系）

捉妖經驗：3 個月

性格：聰明淘氣、遇事毛躁

最厲害的戰術：非常規戰術

派恩

身分：魔幻偵探所實習生

年齡：10歲

就讀學校：倫敦大學魔法學院（反幽靈技術系）

捉妖經驗：1個月

性格：聰明活潑，非常好勝，有時候喜歡誇誇其談

保羅

身分：魔幻偵探所機械狗

年齡：100 歲

工作能力：無所不知的電腦資料庫，善於用百分比分析事物

性格：異想天開、調皮、懶惰

最喜歡的食物：潤滑油

最具殺傷力的武器：追妖導彈

特級裝備

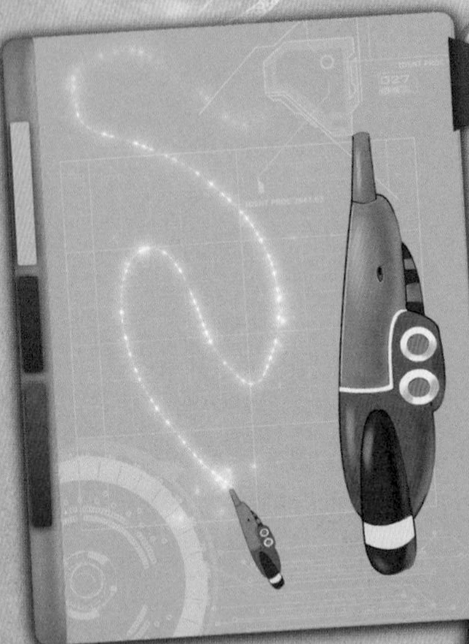

綑妖繩

能夠對準魔怪迅速旋轉收縮，將它綑緊綁實，繩子一旦落到魔怪身上，就像嵌入肉裏，魔怪越掙脫綁得越緊，當然放繩子時可要放得準才行。

無影鋼鐵牆

這堵牆其實就是氣流，它把氣流變成了無影無形的鋼鐵牆壁，能將敵人困在其中，衝不出去。

顯形粉

這是一種非常神奇的粉末，即使魔怪偽裝、隱形了也完全能顯現出它的原形。對了，「顯形」就是「現出原形」的意思！

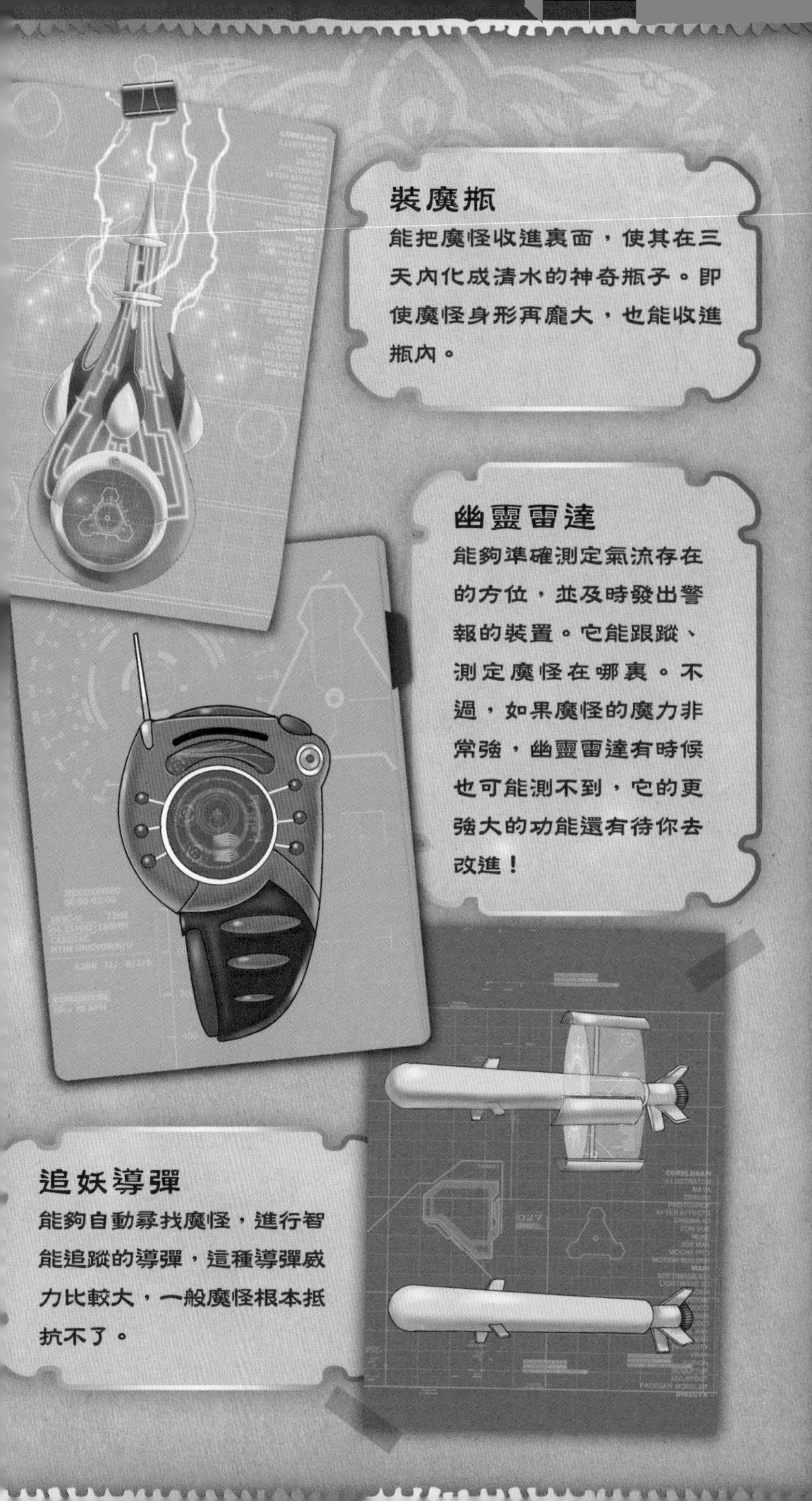
裝魔瓶
能把魔怪收進裏面，使其在三天內化成清水的神奇瓶子。即使魔怪身形再龐大，也能收進瓶內。
幽靈雷達
能夠準確測定氣流存在的方位，並及時發出警報的裝置。它能跟蹤、測定魔怪在哪裏。不過，如果魔怪的魔力非常強，幽靈雷達有時候也可能測不到，它的更強大的功能還有待你去改進！
追妖導彈
能夠自動尋找魔怪，進行智能追蹤的導彈，這種導彈威力比較大，一般魔怪根本抵抗不了。

魔幻偵探開始行動！

目錄

第一章　海灘上

「啊呀——」派恩大喊一聲，從躺椅上跳了起來，他心有餘悸地看看四周，四周都是在海岸邊遊玩的人，總算鬆了一口氣，「嚇死我了，嚇死我了……」

猛地，派恩發現海倫正看着自己，他有些不好意思地笑了笑。

「派恩，你做夢了？」海倫問。

「是呀，做了個惡夢，夢見三個魔怪打我，我打不過它們呀……」

「等等，你剛才醒過一次，也是說夢見魔怪打你。」海倫連忙說。

「是呀，剛才我做夢，夢見三個魔怪打我，然後我就被嚇醒了。」派恩長出一口氣，似乎還在回味，「然後我又睡着了，又夢見這三個魔怪，它們繼續打我，邊打邊說：『你還敢回來』……」

「哈哈哈哈……」海倫大笑起來，「派恩，你可太搞

笑了……」

魔幻偵探所的一行人，此時在倫敦東部的泰晤士河出海口的海灘邊度假，這天的天空晴朗，海面非常平靜，溫度也非常舒適，海邊有很多的遊客。有人把躺椅擺放在沙灘上，享受着日光浴，有些人則把躺椅擺在沙灘後的綠草地上，同樣悠哉悠閒。海倫他們就在草地上擺了幾張躺椅，整個上午，海倫都呆在草地上。

「我說你們兩個——」本傑明說着話走了過來，保羅跟在他的身後，顯得非常興奮，「難得出來一次，一個看書，一個睡覺，多沒意思呀，去海邊走走呀……要不是水還涼，我真想下海游泳。」

「本傑明，你應該在這裏休息一會，我們來這裏就是休閒度假的，不要把自己弄得那麼累，還有你，保羅……」派恩像是看看本傑明，又看看保羅，「來，在這裏睡一會，做個夢，有魔怪攻擊我的時候，你們也來給我幫個忙……」

海倫聽到這話，又哈哈大笑起來，而本傑明和保羅則一頭霧水，不知道派恩在說什麼。

「派恩，你該叫博士來和你一起做夢，他保證能打敗那三個魔怪。」海倫接過話，笑着說。

「很不錯的主意呀，就是不知道博士去哪裏了。」派恩說着向四周望望，四周全是遊客，但是不見南森的身影，他剛才還在這裏，和海倫一樣，他也在看書。

「噢，休閒時間，你們還總是談什麼魔怪，現在不談工作，好嗎？」保羅搖頭晃腦地說，「派恩，我覺得你越來越胖了，你真該去和我們走一走。」

「我可不去，我還要繼續做夢，看看還能夢到什麼。」派恩擺擺手，「另外，我這不是胖，我這是壯……」

「好了，不和你們囉嗦了。」本傑明說着看看四周，「博士呢？我叫博士和我們去……」

「剛才還在這裏呢，好像接了個電話……」海倫也看着四周，「啊，那不是嗎，他來了……」

的確，南森從幾十米外售賣食品的小木屋走來，他手裏拿着電話，不過沒有拿冰淇淋，本傑明還以為南森給他們去買吃的呢。

保羅連忙迎了上去。南森走了過來，他很是平靜地看看大家。

「我們要去達爾文……」

「噢，要換地方嗎？」派恩連忙叫了起來，「達爾文故居博物館我去過，離這裏不算遠，可是這裏我還沒有玩夠呢。再說達爾文故居博物館就只有一些標本、手稿，不如這裏好玩……」

「不是達爾文故居博物館。」南森搖了搖頭，「是達爾文市，澳洲的達爾文市。」

「澳洲？」派恩更加驚奇了，他瞪大了雙眼，「博士，雖然我們最近的表現都很好，但是把獎勵我們的度假從倫敦旁邊的海邊直接提升到澳洲，我還真是一時難以適應……」

「別鬧了。」海倫聽出了什麼，「派恩，你就知道玩，博士一定接到案子了。」

南森點點頭。派恩不再瞪着那麼大的眼睛了，不過他的疑惑換成了另一種。

「澳洲北部達爾文市附近的瓊可賓國家森林公園，三天前發生了一宗重大的魔怪攻擊案件，兩人失蹤，相信已經死亡，有人聽到案發時的受害者慘叫和襲擊者的吼聲。」南森開始介紹說，「當地警方勘驗了現場，排除人類作案，他們不可能找到魔怪攻擊證據，但是確信是魔怪攻擊，所以通過魔法師聯合會找到我，我剛才接了聯合會打來的電話，所以我們要去澳洲了。」

「確信是魔怪攻擊嗎？」本傑明眨眨眼。

「相關資料已經發送到我的郵箱裏了，老伙計，你應該可以看到了。」南森説着看看保羅。

「沒錯，我連接了你的郵箱，確實有一封魔法師聯合會的郵件，很大的郵件。」保羅説。

「我們先回偵探所吧。」南森説，「回去以後先看看資料，然後訂機票，我們去澳洲。」

悠閒的假期被打斷，南森他們很匆忙地回到了偵探所。保羅已經把聯合會傳來的案件資料轉發給了小助手們，大家回去後就開始了解案情。資料有好幾頁，有文字也有圖片，現場的圖片有些觸目驚心的。瓊可賓森林公園非常大，一天根本就無法全部遊玩，所以森林裏有一些小木屋，供遊客夜晚住宿。兩個失蹤的人是遊客，來自澳洲布里斯班市，當時住在木屋裏，但是木屋的半邊明顯被重物擊毀，木屋的地板上都是血，經檢驗甚至還有零星的兩個失蹤者的碎肉，兩個失蹤者則下落不明。

「襲擊者應該是打不開門，所以用暴力擊毀了木屋，衝進去殺害了受害人，地上有這麼多血，足以令人失血過多致命，所以我覺得警方推斷受害者已經死亡是正確的。」本傑明邊看着案件資料邊說。

「關鍵是這麼大的力氣，你們看看，木屋的周邊使用碗口粗的木樁做成的，木屋右邊的木樁起碼被切斷了三根，木屋都半塌下來了……」海倫也看着資料，「這要多大的力氣呀，警方的檢測說這絕對不是機械器具造成的破壞，當天也沒有任何工程車輛進入公園。」

「所以說是魔怪作案呀。」派恩此時很是嚴肅，「這麼大的力氣，除了魔怪還有誰？」

「兩個女遊客住在不遠的另一座木屋裏，她們聽到了嚎叫聲。」南森看看大家，「因為是兩個只有二十歲的女孩，膽子都很小，所以不敢去看外面的情況，只是蜷縮在房間裏，這可以理解，誰碰到這樣的事，都會很恐懼的。」

「嚎叫聲……是魔怪，還是魔獸？這兩種都是會發出嚎叫聲的。」海倫疑惑地問南森，「大型猛獸也可以。」

「是呀。」南森說，「可是那裏沒有什麼大型猛獸呀，最常見的是袋鼠，但袋鼠可不是什麼猛獸，再説以目前世界上的大型猛獸看，熊和獅子也不可能切斷三根木樁，而且那個區域也沒有熊和獅子，所以這比較自然地令人想到是魔怪作案。從資料內容看，我也傾向是魔怪襲擊，具體要我們去現場看了再説。」

「傍晚的航班，我已經訂了票，飛十幾個小時。」保羅晃着腦袋，看着大家，「魔幻偵探所例行的長途飛行。」

第二章　斷臂袋鼠

下午的時候，南森他們去了機場，搭乘一架從倫敦直飛達爾文市的飛機。飛機上，小助手們全都摩拳擦掌的，這又是一次驚險之旅——他們全都這樣認為，就像以往外出辦案一樣，他們又興奮，同時有小小的緊張，一切還都是那麼空渺，不知道有什麼在等待着他們。

而南森，上了飛機沒多久，就開始閉目養神，隨後似乎進入夢鄉，他永遠是這樣的鎮定，他的字典裏，永遠查不到迷茫和紊亂。

飛機準時抵達達爾文市，接待他們的是當地警察局的約伯里警官。約伯里警官三十多歲，高高的個子，顯得非常幹練。他久仰南森的大名，見到南森，也顯得非常激動。

目前，案發現場已經被達爾文市警察局保護起來，所有現場收集到的證據也都在警察局裏，正是他們發現這應該不是一宗人類作案的案件，才去請南森他們這些魔法偵探來的。

南森他們先是被帶到了市中心的一家酒店。放下行李，南森就讓約伯里警官帶他們去看現場。雷厲風行可是南森一貫的工作風格，案發地距離達爾文市還有七十公里路程，一個多小時後，約伯里開車把他們帶到了案發地公園，這裏已經關閉，不偵破這個案件，公園是不會對外開放的。

汽車開進了公園，不到十分鐘，汽車停下，約伯里告訴他們，案發地到了。

「我們向那邊走，兩分鐘，就到公園露營地，也就是案發地。」約伯里説着向前走去，「案發地基本位於公園的邊緣，遠未深入腹地，這個公園大得很。」

「哇，這邊有個很大的湖呀。」海倫邊走邊説。

他們的確行走在一個很大的湖邊，湖的岸邊都是樹，一條小路向前延伸着。

「這是哈里森湖。」約伯里指着湖面説，「這個湖不遠處就是阿德萊德河，哈里森湖和阿德萊德河之間有水系相連，叫莫里水道。」

「風光真是不錯。」本傑明邊走邊説。

「嗒嗒嗒嗒嗒——」，天空突然傳來轟鳴聲，緊接着，一架直升機從大家的頭頂飛過，看起來距離地面也就五十米。

「警方的直升機巡邏。」約伯里先是抬頭看看直升機，然後對大家說，「案發以後，我們安排直升機對整個區域進行空中巡邏，夜晚也不停止，用探照燈照射地面。公園四周也有警察巡邏，攔截勸阻企圖進入公園的人。」

「考慮得很周全。」南森望着遠去的直升機，「有直升機在天空巡邏，對潛在的危險，無論是否魔怪，都有一種震懾作用。」

又向前走了十幾米，一排在湖邊的木屋出現了，木屋一共有五座，看起來全都一樣，其中有一座頂部被掀開的木屋，周邊拉着警戒線，明顯就是案發地了。

「目前看，沒有任何魔怪反應。」保羅對大家說，剛到這個森林公園的周邊區域，他就打開了魔怪預警系統。

還沒有勘驗現場，保羅的這番話就稍微地打壓了海倫、本傑明和派恩的興奮度，他們以為現場充滿了魔怪痕跡，或者說很容易就能找到魔怪痕跡。不過距離這麼近，保羅都沒有發現什麼，如果真是魔怪作案，找到痕跡的難度應該不小，不過也沒什麼，他們魔法偵探就是要面對各種困難險阻。

大家進入了警戒線，來到木屋那裏，現場的景象更加觸目驚心，只見木屋是全木結構的，包括屋頂，也是由木樁覆蓋。木屋的大半個頂部被掀開，落在一邊，木屋的右半邊三根木樁從距離地面一米多的地方被切斷，木樁的底部參差不齊地在原地豎立着，被切開的上半截則連接在落在地上的屋頂上，從外面，就能看見木屋裏面的情況。

木屋裏面，有一些很簡單的住宿擺設，兩把椅子已經倒在地上，最觸目驚心的是，地板上，牆壁上，有大片大片的血跡。南森走到木屋的門那裏，推了一下門，門開了。

「原始現場，門是從裏面反鎖的。」約伯里警官看到南森要進去，解釋說，「魔怪應該是毀壞木樁後跳進去行兇的。」

南森點點頭，走了進去。這個房間不大，有十多平方米，南森看了看血跡，隨後轉回頭。

「開始現場勘驗。」南森對幾個小助手說。

本傑明用幽靈雷達仔細地搜索魔怪反應，海倫則掏出

放大鏡，直奔被切斷的木樁那裏，仔細地看那些木茬*。

南森也走了過來，掏出放大鏡看那些木茬。派恩有些好奇，走了過去。

「你們找什麼？」派恩問。

「如果是獸類魔怪，身體上會有毛髮，這些木樁看上去是被手臂切斷的，所以木樁上的木茬極有可能會鈎住一些毛髮，如果是人形魔怪，身上的衣物也可能被鈎住。」海倫説，「所以……」

「明白了。」派恩點點頭。

非常令海倫失望的是，木茬上什麼都沒有，也沒有魔怪反應。她再找了一遍，還是沒有。

「這不是用魔法攻擊切斷的吧？」看到南森已經收起了放大鏡，海倫指着木茬小心地問。

「不是的，用魔法切開的木樁斷頭部分會極其平整，還會有一些燒灼痕跡。」南森説，「魔怪不用魔法，自身力氣就可以切斷木樁了。」

海倫點點頭，開始繼續尋找痕跡。一邊，本傑明的尋找也毫無進展，他裏外反覆搜索了兩遍，沒有發現任何魔

*木茬：木頭上的毛刺。茬，粵音茶。

怪痕跡。

保羅已經走到警戒線外了，對着遠處的樹林還有湖面發射探測信號，尋找着魔怪痕跡，但是毫無收穫。

搜索進行了將近一個小時，不大的木屋，裏裏外外被查找了幾遍，南森他們一無所獲。海倫他們紛紛向南森報告沒有找到什麼，南森也已經停止了搜索，他一直看着那被切斷的木樁。

海倫他們都站在南森的身邊，在一邊的約伯里也走到南森身邊，大家都在等待着他的初步結論和下一步的安排。

「我們先不用回酒店去把資訊綜合起來論證，我們就在這裏探討一下。」南森很是平靜地說，他指着切斷的木樁，「大家看看，觸目驚心，目前陸地動物，大概只有大象能這樣摧毀一個木屋，但是澳洲本土沒有大象，動物園裏有，但是也沒有大象出逃的報告，所以可以排除是動物所為，關鍵是……」

南森停頓了一下，隨後看看木屋裏的血跡，失蹤者的碎肉組織都已經被警方的鑑證部門保管起來了。

「……大象不吃人。」

大家也把目光轉向木屋裏的血跡，靜靜地聽着南森的分析。

「排除了動物所為，可以確信，這就是一宗魔怪或者是魔獸的襲擊事件，如果說在來之前對此還有些不確定，看了現場之後，完全可以確定這就是魔怪案件了。」南森說着看看約伯里，「警方的判斷是正確的。」

約伯里連連點頭。

「下一步，就是如何找到魔怪了。」南森又看看現場，「目前確實是一無所獲，四天過去了，存留的魔怪痕跡應該都自行消散了。」

說完，南森把目光望向樹林，他的目光很堅定。

「現場沒有魔怪痕跡，我們可以擴大範圍。」南森說，「那個魔怪不可能是住在這個木屋旁的，它應該從樹林的哪個地方，甚至是湖水裏來到這個木屋作案的，所以我們要在周邊範圍進行勘查，也許能找到線索。」

「那我們每人一個方向。」海倫上前一步，響應地說，「把範圍擴大一公里，可以吧？」

「好的，大家注意地面，發現有可能是魔怪腳印的地方要特別小心。」南森點點頭，「這個魔怪身形可能很

大，很有可能留下腳印。」

南森的話像是燃起了新的希望，小助手們都興奮起來，就連約伯里也説要跟南森一起去找線索。

「唰——」的一下，大家正在説話的時候，木屋不遠處的樹林裏，閃過幾個影子。海倫用餘光觀察到了這一情況，猛地轉身，同時做好了攻擊準備。

「哇，是袋鼠——」本傑明正面看到了樹林裏閃動出來的動物。

三隻袋鼠蹦跳着穿林而過，牠們也看到了南森他們，不過一點也不驚慌，更沒有亂跑。

顯然，在森林公園這種環境中，人類的活動相對頻繁，袋鼠長時間的和人類接觸，早就不懼怕人類了，為首的一隻袋鼠看起來很是悠閒。

「羚大袋鼠，產於澳洲北部的廣大地區，也就是我們這裏。」約伯里看着幾隻袋鼠，解釋説，「雄性一般呈現出紅色，雌性呈現出灰色，羣居，除了我們看到的這三隻，附近應該還有牠們的同伴。」

「哎呀——」本傑明突然叫了起來，「你們看，最大的那隻袋鼠，少了一隻手臂。」

大家一起望過去，正好這隻袋鼠又向這邊跳了幾步，果然，大家發現這隻袋鼠的左臂完全不見了。南森連忙向前走了幾步，袋鼠看到有人走來，沒有立即逃跑，而是站

在原地，看了看南森，然後又若無其事地看看左右。

「是先天畸形嗎？」海倫問了一句。

「斷裂處有個凸起，應該是殘留的手臂。」南森說，「應該是意外造成的。凸起處還露着紅肉呢，好像是剛長好的樣子。」

「噢，可憐的袋鼠。」海倫感歎地說，「不久前受的傷。」

三隻袋鼠一起跳躍，離開了這裏。南森他們還有勘查工作，也顧不得去近距離接觸這些只能在倫敦動物園裏隔着籠子觀看的動物。

四個魔法偵探，以木屋為中心，各自選了一個方向，開始向外延伸搜索。南森和保羅勘查的路程很短，他們走了幾十米，就到了湖邊。湖岸邊樹木不是很多，但是有大量的灌木雜草。這一路走來，保羅沒有發現任何魔怪反應，他們站在湖邊，湖面非常平靜，有兩隻小鳥從湖面快速地飛過，飛進了樹林裏。

約伯里跟着南森，他不知道魔法偵探勘查現場的操作流程，只能小心翼翼地跟着。這時，天上又傳來直升機的聲音，抬頭看去，剛才那架直升機從他們的頭頂飛了過去。

「這裏的灌木，被壓倒過。」南森指着一片灌木說，「有些被壓倒後抬了起來，但是還是能看出來被壓倒過，還有一些，明顯是被壓斷了。」

「是這樣的。」保羅說，隨後向被壓倒的灌木叢發射了兩道探測信號，隨後停頓了幾秒鐘，「不過我早就對着這邊探測過了，現在這樣面對面的探測，還是沒有魔怪反應。」

「噢。」南森說，不過他似乎對這片灌木叢很感興趣，「你們看，斷枝倒向的方向，對着木屋那邊的。」

「是呀。」保羅晃晃腦袋，「也許是哪隻袋鼠在這裏爬了一會，或是跳了幾下。」

「也有這種可能，不過看看這片被壓倒的灌木，長好幾米，袋鼠要在這裏跳來跳去才能壓倒這些灌木，牠們沒必要這麼做吧？」南森說着看看約伯里，「約伯里先生，這個區域還有別的大型動物嗎？」

「根據記錄，森林公園這裏的大型動物就是袋鼠，還有些大一點的動物就是狐狸和野狼了，狐狸較多，野狼極少。」

「好。」南森想了想，若有所思地說，「狐狸和野狼……」

另外三路，海倫他們邊勘查邊前進，一路之上一無所獲。本傑明這邊很快就走出了一千米，置身於空寂的樹林裏，他忽然有些小小的緊張，不過如果突然竄出一個魔怪最好，他可是能和魔怪打上一陣的，再發射幾枚凝固氣流彈，一定能把博士他們都吸引過來。

「呼——」的一下，本傑明身邊不遠處有個影子一晃。

本傑明一愣，隨即準備出手，不過他馬上發現，不遠處是幾隻袋鼠蹦跳着，本傑明立即放下了心，這個森林公園裏的袋鼠看起來真不少。

幾隻袋鼠看都不看本傑明，跳躍着走遠了。本傑明轉身向回走去，手上拿着幽靈雷達沒精打采地晃着，他知道，來的時候什麼都沒有發現，回去的時候也一樣。

十分鐘後，本傑明回到了木屋那裏，他看到海倫和派恩也都回去了，兩個人正在和南森說着什麼，看上去他倆也一樣，都很沒有精神，這麼大面積的搜索，沒有結果是理所當然的。不過南森看上去一直很平靜。

「博士，我這個方向什麼都沒有發現。」本傑明走過來說，「我找得很仔細。」

「知道，要是有發現你早就叫起來了。」派恩看看本傑明。

「啊，對了。」本傑明看都不看派恩，他望着南森，「我又看到袋鼠了，好幾隻呢。」

「噢，看起來袋鼠是這個森林公園的主人呀。」南森笑了笑，「以前要隔着柵欄看，現在近在咫尺。」

「但是我們是來辦案的，不是看袋鼠的。」本傑明很是不開心地說。

「對。」南森同意地點點頭，「現場的搜索結束了，現在我們回去。」

「回酒店嗎？」本傑明問。

「現場的工作結束了，但是詢問證人的工作還沒有展開呢。所以我們要去對證人進行詢問。」南森説着指了指案發木屋旁邊的一座小木屋，「當時這個木屋裏有人聽到了現場聲音，所以我們要去了解一下……」

「可是博士，她們是悉尼的大學生，已經回到悉尼了。」約伯里馬上說。

「是這樣嗎？」南森略微停頓了一下，「那麼警察局一定有這兩個人詳盡的詢問報告對吧？」

「有的。」約伯里點點頭。

「這樣，你把這份報告拿給我們，我們去酒店，先看看報告，然後再打電話給這兩個人。」南森邊説邊引領大家離開現場，「儘管沒有看到案發情況，但是聽到也很重要，必須進行詳細的了解。」

第三章　詢問

大家出了森林公園，上了約伯里的車，約伯里開車先去了警察局，拿到了那份詳盡的詢問報告，然後又開車帶大家去酒店。南森在車上就迫不及待地看起了報告。

案發當晚，兩名女大學生——愛琳和辛蒂亞就在旁邊的小木屋裏，她們可受了不少驚嚇，案發時，她們聽到外面恐怖的吼叫聲，以及受害人，也就是失蹤者絕望的喊聲，嚇得都忘了打電話報警，直到一切平息後近十分鐘，她們才想起來報警，警方趕到後，把她們接走，並對她們進行了詢問，她們的證詞反映出行兇者極有可能是魔獸或者魔怪。

大家回到酒店，約伯里也跟了上來。南森把報告看完了，小助手們也一一看過了報告。

「還是要詳細了解一下當時的情況。」南森對約伯里說，「你來打她們的電話，先打給這個愛琳吧，然後我和她通話。」

約伯里點點頭，走到寫字枱旁，拿起了上面的電話，打給了愛琳，電話接通後，約伯里先是自我介紹，愛琳當然記得他，約伯里隨後向她說南森要和她通話，並簡單介紹了南森的情況，再把電話給了南森。

「愛琳小姐，你好，我是倫敦魔幻偵探所的南森……」南森拿過電話，說道。

「南森先生，我知道你，我看過有關你和魔幻偵探所的紀錄片。」愛琳連忙說，電話那邊，愛琳顯得有些緊張。

「謝謝。」南森的語氣溫和，他努力讓愛琳先平靜下來，「愛琳小姐，對於那天你們遭遇到的恐怖事件，我和偵探所的偵探都非常關切，希望你們儘早恢復過來。請你們放心，我們會全力以赴偵破這個案子，確保這一地區的平安。」

「我知道你們一定可以的，由你們來偵破這個案子，我真的放心了，而且，第一次和你這樣一個名人說話，我有些緊張，我也不知道該說什麼……」

「不用緊張，你看，我就不緊張。」南森半開玩笑地說，「其實很簡單，我非常想知道那天晚上你們聽到了什麼，這對這個案件的偵破，我想會有很大幫助的。」

「恐怖的吼聲，非常大……」

「嗯，我知道，不過能詳細一些嗎？從一開始說起。」南森打斷愛琳的話，「那天你們是什麼時候入住木屋的？」

「那天晚上六點多吧，白天我們在公園北面玩，第二天想去南邊玩，所以在公園裏留宿。」

「你們去的時候，看到兩個受害者了嗎？就是住在你們旁邊木屋的那兩個人。」

「沒有，但是七點多的時候，我們聽到他們進屋的聲音了。你知道，木屋的隔音效果不好，外面的聲音都能聽見，他們說話、開關門的聲音我們全都聽見了。」

「那時候一切都正常，對吧？」

「是的。大概在八點的時候，我和同伴還在木屋外走了走，當時我聽到旁邊木屋裏在放音樂，後來我們就回到木屋了，那個時間在八點半左右。」

「你們回去以後呢？能聽到旁邊木屋的音樂聲嗎？」

「一點點，到了十點的時候，一點都聽不到了，我想他們可能休息了。」

「那你們呢？」

「我們沒有，雖然玩了一天，但我們仍不累，還有點興奮。我們快十一點才想休息，因為第二天還要一早起來去森林公園的南部。」

「案發時間就是十一點左右。」南森似乎在提醒愛琳。

「是的，十一點的時候，我們突然聽到外面有猛烈的撞擊聲……」愛琳連忙說。

「請等一下。」南森打斷了她，「愛琳小姐，請問在這撞擊聲之前，你聽到什麼嗎？請仔細想想。」

「好像有……好像沒有……」愛琳停頓了下來，應該是在回想，「好像有一點水聲，『嘩嘩』的，好像是，很短，我記不清了。」

「你能確定嗎？」南森連忙翻看警方那份報告，上面沒有提到水聲，「你聽到水聲了？」

「好像是，噢，我真不太確定。」愛琳猶豫起來，「你可以再問問辛蒂亞，我也是被你提示才回想到的……好像是聽見了。」

「好。」南森說，「那麼接下來就是很大的撞擊聲了？」

「對，先是很大的撞擊聲，我和辛蒂亞還想去窗戶那裏看看，接着是吼叫聲，非常恐怖，像是動物的吼聲，緊接着就是那兩個人的呼救聲。我和辛蒂亞這下可嚇壞了，我們也不知道該怎麼辦，我們可不敢出去，先是縮在牀上，後來一起鑽到牀下……太恐怖了。」愛琳的語氣越來越充滿恐懼。

「理解，非常理解。」南森似乎感受到了愛琳的顫抖，連忙安慰，「一切都過去了，你現在很安全，而我們正全力以赴捉拿案犯……沒事了，沒事了……」

「我知道，有你們出面，一定能抓到兇手。」愛琳連忙說，「我沒事的。」

「好，馬上問完了。」南森緩了緩時間，「那麼……你聽到的吼聲，像是什麼動物的呢？」

「獅子……不對……老虎……也不對……」愛琳想了想說，「抱歉，我實在形容不出來，就是那種猛獸的叫聲吧，我分辨不出來。」

「沒有關係。你的描述對我們來說非常重要，非常感謝你的幫助……」

南森放下了電話，他低頭思考着什麼，大家都看着南森，十幾秒後，他抬起頭，看到大家看着自己，先笑了。

「有些新的發現。」南森說，隨後對約伯里點點頭，「那麼請撥通辛蒂亞的電話吧。」

約伯里拿起電話，撥通了辛蒂亞的電話，他和辛蒂亞說明了情況，愛好偶像劇和旅遊的辛蒂亞倒是不知道南森博士，約伯里告訴她魔法偵探要了解一下案發當天的情況。

南森接過約伯里的電話，和辛蒂亞通起了話，電話那邊，辛蒂亞的情緒算是比較穩定，情緒起伏不大，特別是描述案發當晚情況的時候。

辛蒂亞的描述，和愛琳的差不多，南森特別問了她，案發前是否聽到了水聲，辛蒂亞的回答非常出乎南森的意料。

「……案發前嗎？我沒有聽到水聲。」辛蒂亞在電話裏說，「但是案發後我聽到了水聲。」

「案發後？」南森一愣，「請具體些，什麼時間？」

「具體時間不知道，就是吼聲和旁邊木屋裏的人的喊聲都停止後。」辛蒂亞說，「我害怕那個吼叫的怪物……可能是個怪物，它會過來吃掉我們，就留心聽外面的動靜，似乎聽到了水聲，然後一切都安靜下來，過了幾分鐘，我們全都緩了過來，才想起來要報警，於是就打了報警電話。」

「案發後？」南森進一步問，「你確定嗎？」

「其實不確定，當時我都要被嚇死了，但是我感覺到了，應該是有個水聲，『嘩』的一聲，就一聲。」辛蒂亞説，「應該沒記錯。」

「聲音大嗎？」

「不大吧……不大……」

「很好。」南森説，「辛蒂亞小姐，多謝你的幫助。我感覺你恢復得不錯，放心，我們會偵破這個案件，如果你未來想起來什麼，請馬上告訴我們……」

南森和辛蒂亞説了再見，隨後又打電話給愛琳，他問愛琳那晚在魔怪的攻擊結束後、她們報警前，有沒有聽到水聲，愛琳説那時候自己都要嚇死了，什麼都沒聽到。

南森謝過愛琳，放下了電話。

派恩直接走到南森身邊，直直地看着南森，那種眼神充滿了期待和渴望。

「博士，有沒有……發現？」

「噢，派恩，着急的派恩。」南森輕輕地笑笑，「我要想一想，想一想。」

「你不要打攪博士呀。」本傑明把派恩一把拉了過來。

「現在是博士的思考時間。」保羅跟着說。

「是大家的思考時間。」南森走到大家中間，「對兩個『目擊者』的訪問，得到的情況説明和她們對警方說的基本一致，不過有兩處小細節，在我的提醒下，愛琳説事發前聽到水聲，辛蒂亞則説沒聽到；辛蒂亞説事發後聽到水聲，愛琳則説沒聽見，這可有點意思……」

「木屋旁有個湖呀，很大的。」海倫說，「可是我向湖裏發射了探測信號了，沒有發現有什麼魔怪

兩個證人都聽到水聲，但聽到的時間卻不同，這是怎麼一回事呢？又為什麼會有水聲呢？

反應。」

「而且她們的話有些矛盾呀。」派恩也説道。

「所以，要綜合分析一下。」南森環視着大家，「把我們在木屋那裏現場勘查的情況，和兩個『目擊者』的證詞結合，看看能不能找到什麼線索。」

「好，好。」派恩似是而非地點着頭，「綜合起來……找線索……」

「大家一起想想。」南森説着拿出一個本子，在案發木屋勘查到的情況，他都記在了本子上，他忽然想起了什麼，「啊，如果你們感到累，可以去休息一下，除了在飛機上，我們還沒怎麼休息過……」

第四章　博士的推斷

小助手們看南森靜靜地坐在寫字枱前，哪裏肯去休息呀。看看外面，天已經漸漸地黑了，他們倒不是很累，只想快點找到些線索，後面的工作才能展開。

「你們去休息一會？」約伯里警官一直沒有離開，他走過來，小聲地對海倫他們說。

「不了，要抓緊一切時間。」海倫笑了笑，隨後指了指南森，把聲音壓得更低，「現在是博士的推理時間，我們等等結果……」

「博士說我們也要一起思考的。」派恩連忙說，「我已經開始思考了，沒什麼能攔住我天下第一超級無敵魔幻小神探的，雖然這個案件很複雜，但是我能找到線索的……」

「是嗎？」本傑明嘲笑地說，「是在我們已經抓到這個魔怪之後嗎……」

「抓到魔怪後找到線索還有什麼用？」派恩立即表

現得有些憤怒，聲音也放大了，「本傑明，你自己想到不到，就來取笑我。」

「噓——噓——」海倫和保羅一起做着「小點聲」的手勢。

「你不覺得我們現在應該考慮的是這個案件，而不是嘲笑我嗎？」派恩終於壓低聲音，也沒那麼憤怒了，他有些心平氣和地對本傑明說。

「可以考慮這個案情呀，我其實一直在考慮。」本傑明也不想和派恩爭執，「我沒和你說吧？我覺得那林子裏有個怪獸，力大無窮的那種，而且嗜血甚至食人。」

「噢，好像是在複製我的想法。」派恩說完就看到本傑明臉色一變，連忙擺擺手，「不要生氣，不要喊叫，我是說你和我的想法一樣，你很有眼光。」

「本傑明，你為什麼這樣認為？」海倫問道。

「很明顯呀，那兩個失蹤者，警察把周圍地區都翻遍了都沒有找到他倆，現場還有血跡、零星的碎肉，木屋被嚴重損毀，兩個失蹤者就是被魔怪吃掉了，除了魔怪，還有誰會這樣幹？」本傑明一口氣說出了自己的推斷。

「你說的……很有道理……」海倫想了想，「那麼具體是什麼魔怪呢？住在那座公園裏嗎？還是外來的……」

「等等，如果我能回答你這些問題，我們應該去抓魔怪而不是在這裏討論了。」本傑明聳聳肩，「我的一切，都是推斷，根據現場的情況推斷出來的。」

「和我的推斷幾乎一樣。」派恩跟着說，他連忙看看本傑明，「不要在乎誰先推斷出來的，現在爭論沒有意義，關鍵是看看這個推斷是否正確，我想博士也會認同你……我們這個推斷的。」

「博士在推理呢。」海倫微微低下頭，聲音極低，「我們不要打攪他。」

坐在寫字枱前的南森，在一張紙上寫寫畫畫的，隨後，又看了看面前的電腦，樣子非常認真。約伯里一直聽着本傑明他們的爭論，他沒有處理過魔怪案件，所以只是一直在一旁聽着。

「原來魔法偵探是這樣辦案的……」約伯里先是看看南森的幾個小助手，又看看南森，「也不知道博士在寫什麼……」

「你是不是覺得很平淡無奇？」海倫看看約伯里，「驚心動魄往往在最後。」

「我是好奇你們辦案的過程。」約伯里説，「要是抓魔怪，一定是驚心動魄的。」

南森忽然放下了筆，然後轉身看看大家，他面帶着微笑，這下大家立即都精神起來，海倫他們都覺得南森一定是發現了什麼有價值的線索，

「剛才你們似乎很熱鬧呀。」南森站起身，手上拿着那張紙，「有什麼發現？」

「其實……」本傑明的眼睛瞪得大大的，「也沒有什麼發現，我們……就想知道你的發現，我覺得你一定找到線索了，我們現在就去抓魔怪嗎？」

「噢，本傑明呀本傑明，你可真是太着急了。」南森笑了起來，「我也想有具體的目標，趁早抓到它，可惜確實沒有，但是線索確實有了一些。」

小助手們全都沒説話，興奮而緊張地看着南森。

「目前掌握的證據，都是很零碎的，看起來沒什麼聯繫。」南森説着看了看手上的那張紙，他的這一舉動吸引着大家也向那張紙看去，但是都沒看清什麼，「比較明顯的證據有：被切斷的木樁、木屋裏的血跡和碎肉、在湖邊看到的一處被壓倒的灌木叢，還有剛才兩個『目擊者』

有些矛盾的說法，一個稱案發前聽到水聲，一個說是案發後，另外……就是那隻斷臂袋鼠……」

「斷臂袋鼠也能算是證據？」本傑明先是愣了一下，隨後看看同樣感到疑惑的海倫。

「這是一個輔證，一會我們會提到。」南森說，「我們可以先進行假設，這宗案件是一個魔獸製造的，我們先排除類似幽靈這樣的魔怪，重點關注一個魔獸、兇殘而力大無比的魔獸，當然，魔獸也是魔怪的一種，我想大家應該可以認同這個假設。」

「應該完全就是呢。」保羅晃着腦袋說，「警方花了很大力氣，也沒找到失蹤者，應該是被魔獸吃了，幽靈這樣的魔怪可沒有那麼大的胃，一次吃掉兩個受害者。」

「完全正確，好樣的，老伙計。」南森看看保羅，隨後再次環視大家，「湖岸邊那一大片被壓倒的灌木叢，讓我把木屋和湖水聯繫在一起了。注意，那個被壓倒的灌木叢倒塌區域呈現出長條形，長度目測有五、六米，寬度不到兩米，這個形態……對我們來說非常的重要。」

「形態？」派恩眨眨眼睛。

「博士，我好像知道你在說什麼了。」海倫的樣子似

乎有些恍然大悟。

「我好像……」本傑明吃驚地、同時很不甘心地對南森說，「不知道說的是什麼，請再詳盡一些。」

「我是在展開推理過程，所以不會直接說出答案。」南森笑了笑，「別着急，你知道這個過程的。」

「哎呀，本傑明，別糾結了。」派恩連連對本傑明擺手，然後渴望地看着南森，「博士，你快說。」

「案發前和案發後的水聲，注意，我們假設兩個『目擊者』說的都是對的，因為當時的情況，她們一個記住了案發前的水聲，一個記住了案發後的……」南森繼續解釋起來，「現在，一，水聲；二，壓塌的灌木；三，木屋，這三點可以連接成一條線，或者說一個路徑，三點相距僅僅幾十米。對那個魔獸藏身地的推測，現在已經從陸地，轉為水中了，即是說，魔獸是從水中出來的，在灌木裏隱藏了一會，壓塌了一些灌木，它在那裏觀察木屋的情況，然後展開攻擊。」

「水中的魔獸，水……就是那個哈里森湖呀。」本傑明略帶吃驚的臉色，「哈里森湖裏有什麼呢？魚？食人魚？沒聽說這邊的水系裏有食人魚呀？」

「鱷魚。」約伯里緩緩地説，「哈里森湖裏有鱷魚，澳洲淡水鱷，不過……應該也有鹹水鱷從河口那邊游進來。」

「對，是鱷魚！但澳洲淡水鱷明顯太小了，最大才兩米多。」南森的聲音大了很多，「灌木叢被壓塌部分，足有五、六米長。」

「那就是鱷魚了？」本傑明先是不放心地問了一句，隨後點着頭，「沒錯，一定是鱷魚，我知道澳洲鹹水鱷是世界上最大的鱷魚，如果某隻鱷魚變成了魔怪，一次吃掉兩個人就解釋得通了。」

「身體龐大的澳洲鹹水鱷，牠們的生活區域就在澳洲北部的河流出海口，而和哈里森湖有水系相連的阿德萊德

怎麼能確定兇手一定是魔怪呢？有可能只是一隻普通的大鱷魚嗎？

河，就是從上百公里外的北部流入大海的。」南森進一步補充道，「所以這樣一隻魔獸，哦，現在可以叫它魔怪，完全有可能洄游到這裏，並且展開了對人類的攻擊。相比之下，一般的鹹水鱷洄游的距離不會很長，深入內陸幾十公里就算很長的了，但是作案的這隻，是一個魔怪，所以洄游距離很長，甚至可以更長。」

「有道理，有道理。」派恩在一邊連連地點頭，「博士，你就是天下第一超級無敵魔幻大神探！」

「我還以為你又要誇自己……」本傑明看看派恩。

「注意，這隻鱷魚怪，我們可以這樣叫它，它攻擊的不僅僅是人類。」南森先是笑笑，隨後説，「接下來，就是我們前面説的那隻袋鼠了，我們可以發現哈里森湖的周邊有很多袋鼠活躍着，這個湖為這些袋鼠提供水源，這點是毫無疑問的，所以那隻袋鼠失掉的那隻前臂，很可能是在飲水時被鱷魚怪咬斷的，只不過這隻袋鼠算是幸運，被咬掉前臂後脱身了。」

「是呀，袋鼠之間也會打架，但是不至於把前臂打斷，平常在樹林裏活動，也不至於把前臂跌斷。」保羅昂着頭，看着大家，「如果是被鱷魚咬掉的，那就很正常了。」

「估計有的袋鼠沒這麼幸運，直接被鱷魚拖進水裏吃掉了。」海倫分析道，「我以前看過有關鱷魚的紀錄片的，牠們經常藏在水裏，襲擊那些來喝水的動物。」

「鱷魚怪的本性還是鱷魚，同樣喜歡藏在水裏展開攻擊。」南森説。

「博士，我有個問題。」約伯里很是小心，但是有些急迫地問。

「請説。」

「如果是一隻大鱷魚吃掉那兩個遊客呢？牠本身不是魔怪，僅僅是一隻大鱷魚。可現在好像你們認定了牠就是一隻魔怪了。」

「的確，如果僅僅是襲擊袋鼠，或是在河邊把行走的人吃掉，無法認定攻擊者就是魔怪。不過澳洲鹹水鱷的一個別名就是河口鱷，剛才我也説了，牠們棲身之地多在河流入海口，洄游到內河距離最遠也就幾十公里，這隻洄游距離近百公里，這種能力遠超同類鱷魚。」南森的語氣加重，「另外，將小木屋的木樁切斷，這種力度遠大於一般的鱷魚，木樁斷裂處距離地面將近一米五，而最大的鹹水鱷高度都不足一米，只有直立起身子，鹹水鱷才能用手臂切斷木樁，而只有鱷魚怪，才能直立起身子；再看木樁的斷口，沒有任何的獸毛物質，鱷魚的全身都沒有毛，所以切斷木樁的時候，是不會留下獸毛的。因此綜合各種因素可以判斷，殺害遊客的就是鱷魚怪。」

「明白了，明白了。」約伯里連連說道，一副恍然大悟和充滿敬佩的樣子。

「鱷魚怪，我們這次的對手是鱷魚怪。」派恩一直處於興奮狀態，他揮着拳頭，「博士，下一步呢，我們怎麼抓這個鱷魚怪？它還在哈里森湖裏吧？我們是不是要準備膠帶，抓到它就把它的嘴纏上，不能讓它張嘴咬人呀……」

「你想得可真遠，現在的問題是這傢伙在哪裏？」本傑明對派恩擺擺手，「再說在鱷魚怪的嘴上纏膠帶可沒用，你電視看太多了，這是魔怪，不是普通鱷魚。」

「確實要先確定它的下落。」南森說着看看窗外，「可是現在太晚了，天黑了，再去現場也找不到什麼，明天我們再去……我覺得，它應該還藏身在哈里森湖裏。已經吃掉兩個人，它沒必要急着去覓食，哈里森湖也足夠大，足以讓它藏身，它知道警察在找兩個失蹤者，也可能

猜出警方會找魔法師來，但是它很自信，現場它沒有遺留任何魔怪反應，事實上的確是這樣，但是它不知道，我們已經推斷出它的存在了。」

「就是，也不看看誰出馬了。」派恩晃着腦袋，很是得意地說，「它一定會後悔的。」

「約伯里警官，現在你們警方要這樣處理現場。」南森微微想了一下，語氣嚴肅起來，「巡邏的直升機先停飛，這樣會給鱷魚怪警方搜索結束的感覺，它完全明白每天都盤旋的直升機針對的是誰。鱷魚怪如果感到警方結束搜索，就會放鬆下來，浮出水面外出活動的可能性就會增加，只要它外出活動，也就給了我們找到它的機會。」

「是。」約伯里說，「我馬上安排。」

「另外，公園周邊加派人員，嚴禁任何人進入公園。」南森繼續說，「現在我們已經知道公園裏有這樣一個魔怪了，第二宗案件不能再發生了。」

「不會發生的，我們的看守很嚴。」約伯里很是肯定地說。

「很好。」南森點點頭，「那麼明天，我們要去哈里森湖，會會這個鱷魚怪。」

第五章　放置幽靈雷達

第二天一早，九點多，南森他們等在酒店大堂，海倫用手機和約伯里警官通完話，走到南森身邊。

「兩分鐘後他的車就停在酒店門口。」海倫走到南森身邊説。

「好的，我們走吧。」南森看看小助手們，保羅被本傑明抱着，「東西他都帶了吧？」

「都帶了，約伯里警官説一早就準備好了。」海倫説。

南森和小助手們都來到酒店門口，派恩提着一個箱子，裏面放着的是幾台幽靈雷達。兩分鐘後，約伯里的車準時到達，南森和親自駕車的約伯里打個招呼，大家都上了約伯里的車。

約伯里駕車，向瓊可賓森林公園駛去。南森上車後，看着一張地圖，那是保羅列印好的哈里森湖的地圖，哈里森湖的外形像是一個倒過來的梨子，這個湖面積大概四、五十平方公里。

小助手們看上去都摩拳擦掌的，好像是要和鱷魚怪決一死戰一樣。約伯里也不時地問這問那，南森還算平靜，他好像一直處於思考狀態。

沒多久，他們再次來到了瓊可賓森林公園，天上已經沒有直升機的轟鳴聲了，但是公園周邊區域，明顯可以看到警力的增派。幾個在進入公園的道路上檢查的警員看到約伯里駕車過來，准予放行。約伯里將車開進了這個空無一人的公園裏。

汽車開到公園裏的哈里森湖後，沿着湖岸邊的路向南開了一會，在一個小房子前，約伯里停下了車，大家也都下了車。

「……就是這裏，公園管理員的小屋，小屋後有一條機動船，能搭乘四個人。」約伯里説，「你們就開這條船到湖面上去吧。」

小屋後面，有一條小船在房屋的掩映下，露出一個船頭。大家繞過房屋，看到了那條船，整條船停在陸地上，距離水面大概有半米，一個人如果用力，是能把船推下水的。

南森仔細打量了一下眼前的小船，明顯感到滿意。他拿出了保羅列印的哈里森湖的地圖。

「我們再來核對一下本次任務的過程。」南森指着地圖說，「這是哈里森湖，你們看，哈里森湖和阿德萊德河有水系相連，叫莫里水道。哈里森湖整體面積四十多平方公里，不過根據水文資料，這個湖周邊一公里都是淺水區，而那樣體型龐大的鱷魚怪，不會呆在淺水區，一定是在深水區。因為它是魔怪，所以一般鱷魚在水裏潛伏五、六個小時就必須浮出水面呼吸，而它只要願意，在水下潛伏一周都沒問題，這個湖的深水區面積有三十多平方米，我們的三個探測儀要平均放置在這個區域內，只要它在水底活動，探測儀就會發現。大家明白我的意思了吧？」

小助手們都點着頭。

「好，行動。」南森說着收起了地圖。

約伯里去車的後備箱，拿來了三個漁網漂浮球，三個漂浮球差不多都有足球大小，他還拿來三條長長的繩子和三個黑色不透明塑膠袋。

小助手們把手裏一直拿着的幽靈雷達放進黑色塑膠袋裏，長繩子的一頭綁住塑膠袋，另外一頭綁住漂浮球。這

個探測設備就算完工了，幽靈雷達將被投入水中，漂浮球會拉住幽靈雷達，讓它不會掉進水底深處，幽靈雷達本身是防水的，用黑色塑膠袋罩住是怕湖底的鱷魚怪認出幽靈雷達。

南森叮囑約伯里坐進車裏，並且離岸邊遠一些。他和本傑明輕鬆地把小船推到水裏，隨後和幾個小助手上了船，綁着漂浮球的幽靈雷達也拿到了船上。本傑明按下馬達開關，小船的發動機隨即作響，本傑明轉動方向盤，小船離岸，向湖面上開始行進。

「沒有魔怪反應，你不用看着我。」保羅站在船艙裏，對派恩說，「在車上我就開啟了魔怪預警系統，要是有魔怪反應我早就發現了，我也希望一進到湖面上就能發現鱷魚怪，省得我們把幽靈雷達放到水裏去，被哪個饞鬼大魚給吞到肚子裏去。」

「不會吧，幽靈雷達又沒有什麼味道。」派恩連忙說。

「我就是這樣比喻。」保羅晃了晃腦袋。

「別光顧着説話，記得提醒我停船放下幽靈雷達。」本傑明已經把船開出了很遠，他提醒保羅。

「知道。」保羅連忙説，他的資訊處理系統會根據地圖指示最佳安放幽靈雷達的位置，這樣大的湖面上，只有三台雷達，所以要合理分布。保羅指着前面，「向前開，開呀。」

又開了一會，保羅叫停，他説這個地方可以放下第一個幽靈雷達了。海倫把一個幽靈雷達拿起來，小心地放進水中。

「這裏水深十米，繩子也剛剛十米。」保羅向下看着水面，「讓幽靈雷達正好躺在湖底最好，不要懸浮也不要陷進湖底淤泥裏。」

「我明白。」海倫説，「我感覺着呢，一台幽靈雷達很貴的，不只是今次抓魔怪要用，今後我們破案還要用呢。」

「我那台很好用，上面我還刻了『天下第一神探專用』幾個字，千萬別給我弄進泥裏撈不出來了。」派恩很不放心地說。

「放心吧，管家婆算着賬呢，她都說了，幽靈雷達很貴的。」本傑明說不出來是誇獎海倫還是嘲諷她。

「你們就知道買什麼伸手到我這裏要錢。」海倫毫不客氣地說，「到處都是開銷，你們從來不管的……噢，這個好了，正好躺在湖牀上，多餘出來的繩子我打了個結。」

說着，海倫推了推漂浮球，由於被湖底的幽靈雷達拉拽着，漂浮球基本不怎麼移動。

「不會跑到別處去吧？」派恩還是很不放心。

「這裏是湖面，不是海面，看看，平靜得很，下面的幽靈雷達也很沉的，像個船錨一樣拉着漂浮球，能漂到哪裏去？」本傑明很是不屑地說，「就算飄遠了保羅也能搜索到，博士都說了，你還是這樣思來想去的。」

「知道了，知道了。」派恩連忙擺着手說。

「考慮周全也是一個偵探必須具備的，也沒什麼不好。」南森看看派恩，隨後拍拍本傑明，「開船吧。」

派恩向本傑明吐吐舌頭，有點得意的樣子。

本傑明開船，在保羅的指導下，向第二個投放幽靈雷達的地方駛去。平靜的哈里森湖上，只有他們這一艘移動的小船，發動機的馬達打破了湖面的平靜。

小船在湖面上行駛，他們堅信，在這看似安靜的水面下，隱藏着一個巨大的危險——鱷魚怪。他們希望通過幽靈雷達找到這個魔怪，大家甚至猜想他們在湖面航行的時候就能發現鱷魚怪，誰說完全不可能呢？保羅一直站在船舷邊，向湖水下發射着探測信號。

很快，他們來到了第二個放置幽靈雷達的地方，由於有了經驗，海倫這次很快就把幽靈雷達放了下去。

「嘩——」的一聲，不遠處的湖面上有個響聲，大家立即一起看去，保持着高度警惕的海倫做好了攻擊動作。只見一條魚躍出水面，距離水面不到一米，這條魚扭動了兩下身子，隨後再次落進水裏。

「跳舞給我們看呢。」派恩看着魚落進水裏湖面泛起的波瀾，「不過舞姿一點也不優美。」

「牠是不是提醒我們湖裏有個大怪物呀，有這麼一個大怪物，牠在湖裏一定住得膽戰心驚的。」保羅似乎很是感慨地說。

小船再次啟動，在湖面上劃出一個大大的弧線後向第三個投放點駛去。很快，他們到了第三個投放點，海倫放下了幽靈雷達，調整好位置，隨後看看南森，像是徵詢下一步的行動。

「老伙計，測試一下信號。」南森看看保羅。

「測試好了，三台幽靈雷達在水底工作完全正常，電池續航一個月沒問題。」保羅說。

「好，那我們先回到岸上去。」南森點點頭，「下面就等着鱷魚怪在水底遊蕩了，只要活動，它就一定暴露行蹤。」

「估計它現在正在睡覺。」本傑明看看湖面，「睡吧，睡不了多久了……」

小船起航，向岸邊管理員小屋駛去，約伯里還等在不遠處的車裏呢。小船返回到岸邊，大家下了船，海倫向湖面看去，有些依依不捨，沒有在放置幽靈雷達的時候找到鱷魚怪，讓她感到很遺憾。

「走吧，海倫。」保羅看到海倫還站在那裏，很是理解地説，「就算我們回到酒店，幽靈雷達發現鱷魚怪，也會發出信號給我的，我們不是都設置好了嗎？」

「我知道。」海倫點點頭，轉過身子，跟着南森他們一起離開了岸邊。

一百多米外的一條小路邊，約伯里的車停在那裏，看到南森他們走來，立即下了車，他等了很久了。

「都好了。」沒等約伯里發問，南森就説，「你等很久了吧？」

「我還好。」約伯里遙望着湖面那邊，隨後望向南森，「博士，我不了解你們的破案程序，安放好那個……

幽靈雷達後，下一步該怎麼辦？」

「先回酒店休息。根據魔怪活動規律，晚上活動可能性比較大，我們可以晚上再來。」南森微微一笑，「不過我們運氣好的話，上了你的車後，你還沒開車，信號就傳來了，我們就要去抓鱷魚怪了。」

「啊？是嗎？」約伯里滿臉興奮，「有這麼快？」

「還有更快的，鱷魚怪正在尾隨我們而來。」本傑明開玩笑地說。

第六章　急忙返回

約伯里也笑了，他知道本傑明在開玩笑。大家都上了車，約伯里抓着方向盤，遲疑了幾秒，不過他並沒有等來發現鱷魚怪的信號，約伯里有些自嘲地笑了笑，隨後發動了汽車。

汽車離開瓊可賓公園，向達爾文市南森他們住的酒店開去。

「鱷魚怪，鱷魚怪。」回去的車上，派恩一直有些顧慮一樣，不像平日那麼活躍，「它要是發現水底有那麼一根長繩子，拉着一個黑色塑膠袋，游過去把塑膠袋扯開，就能發現我們的秘密了。」

「它確實會發現我們的秘密了，但是它距離幽靈雷達四、五百米的時候，幽靈雷達就先發現它了。」海倫說，「我們能立即得到訊息，它卻不一定把塑膠袋扯開，它對塑膠袋不會有興趣的。」

「有道理，有道理噢。」派恩連連點頭，「我想起

來了，博士昨天好像簡單地說了一下，看我這腦子，健忘……」

「天下第一超級健忘小神探。」本傑明抓住時機，嘲笑地說。

「博士——他又說我——」派恩立即大叫起來。

「你先說你健忘的，不是我說的——」本傑明也提高了聲音。

「好了，好了。」南森很是頭痛地擺擺手，以前是本傑明和海倫，現在是本傑明和派恩，這些爭吵很多時候也無法說誰對誰錯，南森對此一直很無奈，「不要吵了……」

眼看就要發生的爭吵終於被南森和海倫平息下來，兩人互不理睬，不過這種相互不說話的時間最長不會超過兩分鐘。

很快，他們就開車進到達爾文市，這座城市不大，快到酒店門口的時候，約伯里看看身邊的南森。

「南森先生，我把你們放在酒店門口，我回警察局待命，警察局離酒店很近，有事可以直接電話聯繫。」

「好的。」南森點點頭，「不知道什麼時候才能發現那傢伙，一旦幽靈雷達傳來消息，你要直接把我們再送去瓊可賓森林公園，所以你要全天候待命了。」

「明白。」約伯里說，「沒事的時候我就休息，你們也要多休息。」

「我們昨晚休息得很好，我可以保證全天候出擊。」派恩很是鄭重地說。

「好，我也保證全天候出擊。」約伯里笑着說。

他們到了酒店門口，大家打開車門下車，約伯里沒有下車，大家和他揮手告別。約伯里再次發動了汽車。

本傑明邁步向酒店大門走去，這時，保羅突然一愣。

「有魔怪信號——」保羅大喊一聲，「鱷魚怪被鎖定了——」

保羅的話音未落，海倫一個箭步就飛起來，這時，約伯里的車正在向主路上開去，她在空中飛了十幾米，落在約伯里的車頭前，並且連連做出停下的手勢。

約伯里看到了海倫，先是一愣，隨後連忙停車，並搖下了車窗。

「掉頭、掉頭，鱷魚怪出現了。」海倫大聲地說。

約伯里立即掉轉車頭，南森他們等在那裏，約伯里

掉頭過來後，車剛停下，南森就拉開車門，大家一起上了車，約伯里加速向瓊可賓森林公園方向駛去。

「……第一台雷達捕捉到的魔怪反應，距離雷達三百米的時候捕捉到的，目前魔怪距離雷達一百米……」保羅不停地報告幽靈雷達探測到的資訊，「信號非常清晰，沒錯，就是一隻鱷魚怪，幽靈雷達把魔怪外形的訊息也發送過來了。」

「千萬不要脱離雷達的搜索區域。」和興奮的小助手們完全不一樣，南森此時有些擔憂地説，他看看約伯里，「最快什麼時候能趕到？」

「不到四十分鐘吧。」約伯里説。

「我們有些失誤，我判斷它在晚上出來的可能性較大。」南森很是遺憾地説，要知道這麼快就能發現鱷魚怪，他們一定等在岸邊了。

約伯里從駕駛台下的儲藏箱裏拿出一個警燈，並開啟了警報，警燈頓時閃爍出紅色的燈光，警報聲也在車中響起，聲音非常大，並在車中迴盪，海倫和派恩都捂住了耳朵。約伯里放下車窗，把警燈伸出車外，吸在自己的車頂，隨後關閉了車窗。

警燈閃爍着，發出傳徹四周的警報聲。前方車輛紛紛避讓，約伯里連續超車，加速向公園那邊駛去。

「……啊呀，不好了，它離幽靈雷達越來越遠了，超過三百米了，再移動一百米就脱離雷達監控範圍了。」保羅繼續通報着水底的情況，「剛才它距離幽靈雷達最近的距離不到七十米……」

「它移動的方向？」南森急着問。

「是向……岸邊移動的，北岸，沒錯，是北岸……」保羅説着激動起來，「啊呀——它加速了，五十米、三十米、十米——」

「怎麼了？怎麼了？」本傑明急得差點跳起來。

「完了，它脱離雷達搜索範圍了，它游走了——」保羅在後排座位前跳來跳去，也是一副很焦急的樣子。

「它不是漫無目的地在水底閒逛，它是有目的的。」海倫在一邊分析起來。

「老伙計，它最後游動的方向還是北岸嗎？」南森問。

「是的。」保羅點點頭。

「但願它會游回來。」南森説着看看大家，「暫時沒有了鎖定信號，沒關係，其實我們已經有了重大的收穫，那就是——湖底的確有一個鱷魚怪。」

「噢，説的也是。」本傑明想了想，「不過我根本就沒懷疑過，博士你説湖底有個鱷魚怪，就一定有，不需要檢驗。」

「噢，本傑明，我們進行偵探工作，不能盲從於權威……」南森認真地看了看本傑明，「不過你這樣説……簡直太棒了，我很喜歡聽，以後繼續。」

「是，是。」本傑明連忙點頭。

南森這樣一説，令車廂中緊張的氣氛放鬆了一些，大家都笑了。南森叫大家此時一定要放鬆，過於緊張反倒是處理事務的不利因素。

保羅時刻守候着新的資訊傳來，湖面大，幽靈雷達則只有三台，不可能覆蓋全部湖面，其實如果幽靈雷達過多，湖水下全是懸吊着幽靈雷達的線，反倒可能引起鱷魚怪的懷疑，所以大家也有鱷魚怪脱離開監視區域的準備，只不過一旦脱離監視區域，鱷魚怪不知道什麼時候再出現，甚至有可能再也不出現，這才是大家最擔心的。

約伯里駕車飛速前進，大家恨不得馬上飛到哈里森

湖去。快到瓊可賓森林公園的時候，路上的汽車幾乎沒有了，約伯里收起了警燈，他怕警燈的鳴叫嚇走鱷魚怪。

守在周邊的警員早就得到了通知，看到約伯里的車開來，連忙放行。汽車裏，保羅一直沒有得到幽靈雷達再次傳來的資訊，他只能判斷鱷魚怪向北岸游去，也許是去覓食的。

南森讓約伯里將車開向哈里森湖的北岸，保羅利用自身系統繪出了鱷魚怪游向北岸的具體方位，一進到公園，保羅就連續向哈里森湖北岸發射探測信號，他希望鱷魚怪沒走遠，最好就在岸邊，但是他沒有收到任何回饋。

汽車停在了哈里森湖北岸一處樹林外的路邊，南森打開車門跳下來，朝湖邊跑去，他讓約伯里等在岸邊，但是約伯里也跟着他們衝向岸邊。

岸邊，空空如也，眼前只有一片茫茫的湖水，湖面上連一絲微瀾都沒有。

保羅一直向前衝，都跑到湖水裏去了，他連續向水下發射探測信號，但是依舊沒有任何發現。

「可能沒有上岸。」派恩指着岸邊，「岸上似乎什麼痕跡都沒有。」

「也許沒在此處上岸，老伙計推斷的是一個直線的方向，北岸很長的，它剛才向北岸移動的時候，稍微一轉，就不會在這裏上岸了。」南森説着向岸的兩邊看了看，他忽然揮揮手，「海倫，本傑明，你們向西搜索，派恩，你和我向東搜索，約伯里警官，你向後搜索。」

南森説完指了指樹林後汽車停下的位置。

「向後搜索？就是我們剛來的路徑吧？就是讓我回去吧？」約伯里知道南森在保護自己，此時的約伯里，已經把槍拿在手上了，「博士，我不怕……」

「快點回去，這裏高度危險。」南森不容置疑地擺擺手，「大家馬上行動——」

説着，南森帶着派恩向東跑去，本傑明和海倫向西跑去。約伯里很是無奈，向回走去。

北岸的西邊，一些樹木緊鄰湖岸生長，沿着岸邊前行，一直被樹枝阻擋，行動很不方便，本傑明和海倫繞過一棵樹，幾乎都走到了水裏。

「啊——」本傑明忽然站住，大喊一聲，他走在海倫前面，他的喊聲充滿了恐懼。

海倫緊跟上去，看到眼前的一幕，身子不禁一顫，甚

至下意識地後退了半步，眼前的景象她從未見過。

一隻袋鼠的後半截身子，倒在岸邊的一棵樹旁，這半截身子像是被切斷一樣，身體裏的臟器鮮紅的外露，被撕開的鮮紅色肌肉外翻，地面上還有很多血。這只是一隻袋鼠的後半截身子，大概佔全身的三分之一，而這隻袋鼠的前半截身子連同頭部，不知所蹤。

「鱷魚怪，被鱷魚怪吃了。」海倫看到湖岸邊有一些血跡和碎肉，很快明白了什麼。

「博士——博士——」本傑明大喊起來，他要讓南森馬上來看看這一幕。

「博士——博士——」海倫轉身繞過那棵樹，對着南森那邊大喊起來，「快過來——」

南森他們還沒有聞聲趕來，最先趕到的是約伯里，他揮着槍，急匆匆地趕來救援，當他看到那隻袋鼠的後半截身子，也嚇了一跳。

沒走出多遠的南森和派恩聽到了海倫的喊聲，急忙衝了過來，海倫看到南森，立即指着那隻袋鼠的身體。

「啊，真是太慘了。」派恩不禁叫了起來，「被鱷魚怪吃了，這傢伙果然是到岸邊覓食的。」

南森小心地走過去，看着那截袋鼠的身體，皺起了眉頭。

「這是一隻很大的成年袋鼠……鱷魚怪的咬合力真大呀，如果按照它的體型，一口咬斷這隻袋鼠……好像也很有難度……」南森喃喃地說。

「魔怪嘛，一定比普通的鱷魚厲害多了。」本傑明說。

南森點點頭，隨後向岸邊走去，那裏有四濺的血跡和碎肉，南森看到地面有一小條爬行痕跡，連忙走過去，俯身看着。

「那隻鱷魚怪躲在水裏，看到在河邊喝水的袋鼠羣，猛地竄出來襲擊了其中一隻袋鼠。」派恩比劃着，對海倫說道，「結果給它吃了一隻，啊，是大半隻袋鼠，我們來之前它回到水裏了。」

「知道，知道，一定是這樣的。」海倫說，「而且你們看，血跡還算新鮮，這次攻擊的發生時間距離現在很接近。」

「從吃人到現在，過去幾天了，這隻鱷魚怪又餓了，於是登岸吃袋鼠。」南森若有所思地說，「應該就在剛才吧。」

「幽靈雷達捕捉到的鱷魚怪行進方向，大概就是這裏。」保羅說，「鱷魚怪的目的就是在岸邊覓食。」

「它吃動物，也吃人。」本傑明心有餘悸地說。

「可惜我們來晚了。」保羅走到南森的腳邊，「博士，返回水中後它沒有再靠近幽靈雷達，所以沒有被捕捉到信號，我的搜索信號也沒有找到它。」

「嗯，這麼大的湖面，幽靈雷達只有三台，覆蓋不到的地方太多了。」南森有些憂心忡忡地說，「儘管它不可能知道幽靈雷達的位置，但是無意中避開也是很正常的。」

「這傢伙白天就開始活動了，和魔怪最常見的生活習性不符。」海倫走到南森身邊說。

「所以我們不能輕易就離開這裏了，我原本想大家這幾天奔波，有些累，先回酒店休息，傍晚再過來，現在看來不行了。」南森有些感慨地說。

「博士，我們一點都不累。」海倫立即說，「我們可是魔法偵探。」

「是你南森博士調教出來的魔法偵探。」本傑明也走上來，進一步說，「我可以連續幾天不休息。」

「該休息還是要休息的。」南森說，他揮揮手，「這樣，我們現在再在河岸這邊搜索一下，看看有什麼發現，然後我們回到湖的西岸，就住在兩個目擊者愛琳和辛蒂亞曾經住過的小屋裏，那裏距離岸邊也很近……本傑明，海倫，你們坐約伯里警官的車，去管理員小屋把那條機動船開到西岸小屋邊，我們應該用得上那條船。」

第七章　擅自出航

本傑明和海倫點點頭，大家分頭行動。南森和派恩帶着保羅繼續在岸邊找線索，約伯里把本傑明和海倫送到管理員小屋那裏，海倫和本傑明把那條船推下水，沿着湖岸邊向西開去，目擊者的小屋就在那邊。

南森和派恩沒有發現什麼，同樣，在岸邊來回巡遊並不停地向湖水裏發射探測信號的保羅也沒有發現什麼，他們穿過樹林，向目擊者小屋走去。路上，他們又遇到一隊袋鼠，大概七、八隻。

南森和派恩走到了小木屋，本傑明在木屋外來回走動着，和約伯里説着話，約伯里的車就停在木屋的旁邊。

「博士，船停了在岸邊。」本傑明看到南森走來，指着不遠處的岸邊説，「你們有發現什麼嗎？」

「沒有。」南森搖搖頭，「海倫呢？」

「在裏面，説是把裏面打掃一下。」本傑明的手指了指木屋裏，「她有潔癖的。」

「臨時住一下也要乾乾淨淨的。」海倫説着話走了出來，「愛乾淨有什麼不好？本傑明，不是我有潔癖，是你太不拘小節。」

「本傑明，你太不拘小節。」派恩立即跟着海倫説，「還不講衞生……」

「派恩，還有你，上次我都要扔掉的水果你拿起來就吃，不怕吃壞肚子嗎？」海倫很是嚴肅地對派恩説。

「快要扔掉的水果，哇，裏面有條蟲子吧？派恩，你吃了一條蟲子下去。」本傑明興奮地説。

「我沒有吃一條蟲子……」派恩立即辯解。

「那是半條，哇，真噁心！」本傑明更加興奮了。

「我……你……」派恩氣鼓

鼓地瞪着本傑明。

「好了，本傑明，你少説兩句。」海倫走過來，拉着派恩，「行了，先進來吧，鱷魚怪要是在岸邊聽到爭吵聲，一定嚇跑了。」

大家都進到木屋裏，這個屋子不算大，有簡單的牀鋪和寫字枱，還有兩把椅子和茶几，整個房間被海倫收拾得很整潔。大家都找地方坐下，隨後，他們都看着南森。

「放鬆，放鬆。」南森笑了笑，「不用都這樣看着我，我們現在只需要等待，你們説説話，沒問題的，派恩，你們可以繼續就那半條蟲子的事發表各自看法……」

「博士，都説沒有吃蟲子了。」派恩差點跳起來。

在場的人都大笑起來，只有派恩漲紅臉。南森連忙走過去，拍了拍派恩，他開玩笑的目的還是想緩解一下壓力和緊張氣氛，因為他感到，鱷魚怪隨時會出現，大家一直緊繃着神經反倒不好。

「約伯里警官，你如果感到勞累，可以回去休息。」南森説，「我倒是希望在抓捕鱷魚怪的時候，你還是距離我們遠一些，因為什麼事都有可能發生，而且你的槍起不了大作用。」

「我知道，」約伯里說，「我不會給你們添麻煩的，我會很小心的，我留下來，會有作用的，我的工作就是協助你們，謝謝你們時刻關心着我的安全。」

「是呀，那是一個狠角色，而且它已經吃過人了，非常嗜血。」南森點着頭說，「你要是留下來，千萬不要靠湖邊很近。」

約伯里感激地點點頭。

「老伙計，你倒是可以多去岸邊走一走，在地勢高的地方向湖裏發射探測信號。」南森看了看保羅，吩咐道。

「我和保羅一起去。」保羅還沒開口，本傑明搶着說，「要是鱷魚怪看到岸邊有個人，會不會來吃我呢？噢，鱷魚怪，快點來吧……」

「我的確要出去走走。」保羅說着向外走去，「這房間太小了，我感到很壓抑，我敢保證，十分鐘內本傑明和派恩又會吵起來。」

「吵不起來，我和你去。」本傑明跟着向外走去。

「去吧，去吧，才不想和你在一起呢。」派恩的聲音跟了出來，「順便把鱷魚怪抓回來噢，哼……」

本傑明聽到這話，扭了扭脖子，想反駁兩句，但是被保羅拉走了，他們繞過兩個失蹤者遇襲的木屋，來到湖邊，他倆看着一望無邊的湖面，湖面平靜得像鏡子一樣。

「有沒有魔怪反應呀？」本傑明問保羅。

「沒有，要是有還不跟你説呀？」保羅略有些不耐煩地説。

「我看在這岸邊也發現不了什麼，不如……」本傑明看了看幾米外的那條小船，「我們開船到湖面上去碰運氣。」

「你也説是碰運氣了。這麼大的湖面，誰知道它在什麼地方。」保羅搖着頭説，他忽然想到了什麼，「我説本傑明，你不會是想把這船當遊覽觀光船吧？」

「我就是這麼想的，你看，湖面風光多美，一邊遊覽，順便抓個鱷魚怪，給那個派恩看看……」本傑明帶着遐想説道。

「你一個人可能不行，而且博士可沒讓你隨便到湖面上去。」保羅晃着腦袋説，「不過有我跟你去，就不一樣了，我有追妖導彈。」

「哇，你也同意？」本傑明雙眼放光，「也許真能找到呢……那就走吧，快，快，別給博士他們知道了，否則

一定攔着我們……」

他倆來到小船旁，本傑明把船推到水裏，他找了一根樹枝，打算用樹枝當槳，把船划到湖面上，他不敢開啟發動機，博士他們會聽到的，追出來他們就沒辦法出航了，還會被説一頓，尤其是那個派恩，不知道會説什麼難聽的話出來。等到他們離岸遠一些再發動小船，找到鱷魚怪甚至抓住，那派恩就一定無話可説了，而且保證一個月內不會那麼囂張。

本傑明用樹枝把船划向湖中心，保羅把身子探出船舷，用前爪幫着本傑明划。划出了一百多米，本傑明向身後看看，岸邊的樹林都變小了，在這裏啟動發動機博士他們都聽不到。本傑明啟動了發動機，小船有了機械動力，加速向前駛去，本傑明握着方向盤，氣喘吁吁的，剛才就和逃跑一樣，他可累壞了。

保羅半躺在船艙裏，好像也很累的樣子。

「保羅，你很累嗎？博士根本就沒有給你設計這個程式呀。」本傑明好奇地問。

「我確實不知道什麼是累，但是剛才划船耗費了我一些能量。」保羅懶洋洋地説，「短時間耗費能量，我要重新聚集起來，有個放鬆的姿勢很重要。」

「看你這休閒的樣子，不知道的人還真以為我們在這裏遊玩呢。」本傑明把船開到湖面上，有些得意，「我說，我們該往哪個方向開？你覺得鱷魚怪應該在哪裏？」

「啊……」保羅站在船艙裏，抬起身子，看着前方，突然指着湖的南邊，「去那邊……對，就是那邊，我感覺很準的……」

本傑明把船向湖的南邊開去，保羅站在他身邊，像一個指揮官一樣神氣，他不停地向湖水中發射探測信號，想把鱷魚怪找出來。

小船很快就開到了湖的南邊，不過依舊沒有任何發現鱷魚怪的信號回饋。本傑明把船減速到最低，然後看着保羅。

「……現在……往南……不對，往西……」保羅比劃着，他知道本傑明看着自己是在讓自己指引方向，不過他有些不知所措，「嗯……也不對，往東……啊，往北……」

「你這是在轉圈。」本傑明乾脆關了發動機。

「是嗎？」保羅笑了笑，「好像是呀。」

「在這裏釣魚還不錯。」本傑明看看四周平靜的湖面。

突然，一陣手機鈴聲傳來，是本傑明的電話在響，他連忙接通電話，這個公園是國家森林公園，裏面也有手機信號。

「……喂，本傑明，你們到哪裏去了？」電話那邊，海倫焦急的聲音傳來。

「我們……在湖邊走來走去也找不到什麼，我們就到湖面上來了，開船來的……」本傑明笑嘻嘻地說。

「我看見船不在了，就知道你們開船到湖面上了。」

海倫的聲音更焦急了，「快點回來，湖面上很危險你知道嗎？你們這是擅自行動。」

「看你説的，哪有這麼嚴重，我們只是忘了跟你們打招呼而已。」本傑明自知理虧，一邊辯解着，一邊開啟了發動機，「這就回來，這就回來。」

「快點。」海倫很是生氣地説了一聲，掛上了電話。

「管家婆在催了，我們現在回去。」本傑明收起了電話，看看保羅，「擅自行動？説得那麼嚴重，這管家婆就是囉嗦，比那個派恩還囉嗦。」

「確實囉嗦，總是管着我，噢，還有你。」保羅在一邊附和道。

本傑明把船開回去，平靜的湖面又響起了馬達的聲音，遠處的湖面上有兩隻水鳥飛了起來。

「海倫呀，什麼時候都改不了嘮叨這個習慣了……」本傑明看着前方，繼續説着。

「來了，來了——」保羅忽然叫了起來。

「海倫來了？不可能，她在岸邊呢。」本傑明笑了起來。

第八章　湖面交戰

「不是，是鱷魚怪，距離我們越來越近了。」保羅的聲音有些顫抖了，「就在水底，距離我們四百米，啊，三百七十米，我們船的正下方……」

「啊？」本傑明大叫起來，「衝着我們來的嗎？」

「是呀，越來越近了。」保羅急着說，他有些慌亂，「它、它要幹什麼？」

「導彈，你的追妖導彈。」本傑明大聲提醒道，「炸它——炸它——」

「啊，對了，我還有導彈。」保羅跳到船舷邊，前腳扒着船舷，準備打開導彈發射架，忽然，他又大叫起來，「不行，它移動的速度太快，距離我們一百多米，等導彈炸中它的時候，我們也會被彈片擊傷——」

「哇——那怎麼辦——」本傑明絕望地大叫起來。

「我、我已經向博士發了定位信號，他們會馬上趕過來的。」保羅慌張地說，「啊，不好，它這是要撞翻我們呀——它想吃了我們——」

湖底的鱷魚怪，加速向上衝擊，它就像是從水底發射的一枝箭一樣，筆直地向船底射過來，它的本意很清楚，就是要撞沉小船吃人。

「我可不是好欺負的——」本傑明突然大喊起來，他剛才過於慌張，都忘了自己來的本意了，他就是來抓鱷魚怪的，而且他可是個魔法師，「保羅——它撞上來時你通知我，我們跳起來——」

「知道——」保羅喊道，他明白本傑明的意思，「哇，撞上來了——五秒鐘後撞擊——」

「起飛——輕輕的我快快飛——」本傑明大喊着，「輕輕的我快快飛」是一句魔法口訣，保羅也一樣喊出這句魔法口訣。

「咣——」的一聲巨響，鱷魚怪的上顎撞在了船底，小船頓時就斷為兩截，並飛起來幾米高。

斷裂的小船中，本傑明和保羅順勢飛了起來，他倆懸浮在半空中，距離水面有六、七米高，隨後慢慢地落下。

水中，撞斷小船的鱷魚怪順着慣性也躍出水面兩米多，隨後落進水裏，水花四處飛濺，鱷魚怪浮在了水面

上，本傑明他們看清了鱷魚怪，這傢伙足有七、八米長，樣貌完全和澳洲鹹水巨鱷一樣，應該就是由鱷魚轉變成魔怪的，所以還保留着原來的身形，只不過更加兇惡，它的兩隻眼睛瞪着上方，大嘴張開了，似乎要立即起飛撲咬本傑明他們。

「啊——」本傑明利用魔法口訣，努力調控着讓自己不要掉下去，距離水面四米多，他終於停止了下降，懸浮在半空中。

保羅身體更輕，他懸浮在水面上方五米處。

「抓他——揍他——」保羅大喊着，此時不可能使用追妖導彈，他自己也沒有其他攻擊力，只能大聲提醒本傑明。

「凝固氣流彈——」本傑明説着向鱷魚怪射出了一枚凝固氣流彈。

「轟——」，一聲巨響，凝固氣流彈在鱷魚怪後背炸響，但是爆炸僅僅是衝擊了鱷魚怪一下，它背部的外皮像鐵甲一般堅固，根本就不受爆炸影響。

「咔——咔——」一陣爆炸產生的白色煙霧中，本傑明大聲地咳着，爆炸的濃煙嗆到了他，幸運的是飛起的氣流彈彈片沒有傷害到他自己。

本傑明猛地才意識到，距離這麼近，不能使用凝固氣流彈，但是一個在水面上，一個在半空中，本傑明無法和鱷魚怪交手，看看鱷魚怪的樣子，本傑明咬了咬牙，大喊一聲，調控着身子，向鱷魚怪衝去。

鱷魚怪沒想到本傑明敢衝下來，它先是一愣，本傑明一拳就打了下來。

「啊——」鱷魚怪沒事，本傑明自己卻痛苦地叫了起來，因為他一拳打在鱷魚怪的頭上，感覺像是砸在鋼板上一樣，他的手都要斷了。

鱷魚怪轉頭就狠狠地咬過去，本傑明連忙躲閃，差點被鱷魚怪的大嘴咬到。鱷魚怪看沒有咬到本傑明，縱身一躍，身體飛出水面一米多，再次咬向本傑明。

「小心——」保羅嚇得大聲提醒。

本傑明立即飛身上升，躲過了鱷魚怪的撲咬。鱷魚怪上升的能力看來不強，它飛起一米後，馬上又落進水裏。

「本傑明——這個笨蛋跳不高——」保羅率先發現了這個情況，連忙説。

「可是我也打不動它呀。」本傑明捂着手説，他還是懸浮在半空中，「這個笨蛋比鋼板還堅硬。」

「小魔法師，還敢嘲笑我跳不高。」鱷魚怪突然開口了，它的聲音像是從喉嚨裏發出來的，低沉極了。

「哇，這個笨蛋會説話——」保羅連忙叫起來。

「魔怪嘛，有什麼奇怪的。」本傑明説，忽然，他感到幾乎控制不住自己的懸停了，身體開始往下降，「保羅，我消耗了許多能量，堅持不住了——」

本傑明不由自主地下降了兩米多，距離水面也就一米多了，鱷魚怪看到機會來了，躍起身子咬向本傑明。

「輕輕的我快快飛——」本傑明連忙唸魔法口訣，他的身子微微地升起了不到半米，不過就這半米的距離，鱷魚怪沒有咬到他。

升起來的本傑明又落了下去，鱷魚怪再次咬來，本傑明感覺鱷魚怪就要咬到自己了，他用盡力氣揮拳向身後打去，正好打在鱷魚怪的鼻子上，鱷魚怪一偏頭，惱羞成怒，躍起再次咬上去。

「輕輕的我飛上天，飛到宇宙中——」本傑明急了，開始胡亂唸口訣，這是錯誤口訣，一點用都沒有，他的身子幾乎落在水面上，鱷魚怪直接撲了過來。

「哇——哇——」本傑明大叫着，他嚇壞了。

鱷魚怪這次居然沒有咬過來，而是向身後咬去，原來是保羅看到情況危急，直接跳在了鱷魚怪的背後，他的雙眼射出兩道射線，本來這種射線是用來勘驗現場的，保羅將兩道原本無害的射線加大了一千倍的電流量，兩道射線頓時變成兩股電流，對鱷魚怪形成了電流攻擊，當然，這種電流攻擊耗費電量，保羅也無法一直使用這個招數。

被電得很難受的鱷魚怪只能反轉身子去咬保羅，不過它夠不到在它後背的保羅，它隨即一個側翻，保羅掉進了

水裏，落水的保羅無法射出電流，轉身游走，想快速脱離鱷魚怪，他當然知道，鱷魚怪在水中一定是靈活自由的。

鱷魚怪果然轉身去追咬保羅，保羅也耗費了很多能量和電量，一時無法起飛懸浮，只能加速游走。

「啊——」鱷魚怪張開大嘴就咬了過去，它的嘴距離保羅只有不到半米了，它張開的嘴能吞下去一隻大型動物，更別說保羅了，現在它只要縱身一躍，就能把保羅咬住、咬碎。

「保羅——」本傑明情急之下，想發射一枚凝固氣流彈，他知道，保羅可能會因為爆炸的原因，被氣浪推出很遠甚至受傷，但是保羅抗彈片的能力極其強大，因為他的身體外殼是特殊鋼製成的。

「轟——」的一聲，鱷魚怪的嘴邊，出現了一個巨爆，鱷魚怪伸過去要咬保羅的嘴都被炸得抬了起來，保羅則被強大的氣浪推了出去。

「啊？」本傑明一愣，「我還沒推出氣流彈就爆炸了？我已經強大成這樣了嗎？」

「保羅快游過來——」海倫的聲音傳來，她懸浮在湖面上，對保羅大喊着。

剛才爆炸的凝固氣流彈是南森發射的，之前保羅已經將發現鱷魚怪的方位資訊等發送到了南森的手機上，約伯里駕車沿着湖岸把南森他們飛速帶來，南森他們下了車，施展魔法大步奔走在湖面上，正好看到鱷魚怪追咬保羅，南森及時出手，展開攻擊。

「抓活的——抓活的——哈哈哈——」派恩趁着被氣流彈攻擊的鱷魚怪一時發愣的機會，飛身到了鱷魚怪的身後，他伸手就抓住了鱷魚怪的尾巴，用力拉拽，想把鱷魚怪拖到南森這邊。

鱷魚怪發現有人拖自己的尾巴，很是憤怒，它用力一甩，派恩大叫一聲，被甩出去二、三十米，隨後重重地落進水裏。

「這個笨蛋——」本傑明看着落水的派恩，「大鱷魚很厲害的——」

那邊，保羅已經快速地游向了海倫，鱷魚怪忙着對付派恩，根本就沒去顧及保羅。海倫伸手一把把保羅從水裏拉出來。

「噢，這傢伙，還要吃我，它口味真怪，對積體電路卡板和電線也感興趣。」保羅心有餘悸，勉強笑着對海倫説道。

鱷魚怪此時在距離南森二十米遠的地方，和海倫的距離也差不多，本傑明快步移動，和鱷魚怪也拉開了二十米的距離，另一邊，派恩在水中游到鱷魚怪的背面，魔法偵探們有一套進行過多次演練的戰鬥隊形，此時的戰鬥隊形是包圍，鱷魚怪已經被南森他們圍住。這樣的距離，可以完全包圍住對手，如發射凝固氣流彈，四濺的彈片也不會傷害到發射者本人。鱷魚怪轉了轉頭，它很清楚當下的形勢，不過它很是冷蔑地看着魔法偵探們，絲毫畏懼都沒有。

「氣流彈攻擊——」海倫大喊一聲，下達了攻擊指令，這也是南森他們最為常規的戰法，如果能用氣流彈解決，他們也避免上升到更高級的攻擊手段，那是很消耗魔力的。

聽到海倫的指令，本傑明立即發射了一枚氣流彈，他知道鱷魚怪似乎不怕氣流彈的攻擊，但是多人齊射氣流彈，聚集起來的爆炸力也許能對鱷魚怪造成一定的打擊。

「轟——轟——轟——轟——」，第一批四枚氣流彈一起在鱷魚怪後背上爆炸，它的體積大，所以目標也大，射中它非常容易。

四枚氣流彈爆炸的威力巨大，但是鱷魚怪只是被炸得叫了兩聲，在水中翻了一個身，基本沒受什麼影響，惡狠狠地衝着海倫這邊就衝了過來，速度極快。

南森看凝固氣流彈攻擊無效，本想將隊形後撤，留出一定空間讓保羅發射追妖導彈，但是鱷魚怪直接撲了過來，南森看到鱷魚怪來勢洶洶，便迎了上去。

「博士——這傢伙很厲害——」本傑明大聲提醒着。

鱷魚怪看到南森迎上來，略微轉向，對着南森撲過去，接近南森的時候，它猛地張大嘴巴，狠狠地咬了過去。

南森一轉身，躲在鱷魚怪的身邊，南森此時利用魔法在水面懸浮，他剛剛站穩，鱷魚怪那巨大的尾巴就飛掃過來，南森這次躲閃不及，當即就被鱷魚怪的尾巴擊中，身體飛出去幾米，倒在了水面上。

本傑明扶起南森，海倫大喊一聲飛撲過去，她一拳砸在鱷魚怪的腦袋上，頓時大叫一聲，她的拳頭就像是砸在鋼鐵上。不過海倫隨即調整戰術，她知道鱷魚怪的身體堅硬，另一隻拳頭打向鱷魚怪的眼睛。

鱷魚怪連忙一閃，海倫打在了鱷魚怪的腮部，鱷魚怪沒什麼事，海倫則慘叫一聲，捂着手後退幾步，鱷魚怪伸頭就咬向海倫，海倫連忙再次後退，但是一下沒有站住，身體躺在水面上，鱷魚怪再次咬來。

「嗨——」南森撲過來，一把就把鱷魚怪的嘴用力推開。

本傑明和派恩則一起去拖拉鱷魚怪的尾巴，保羅跟着衝過來，對着鱷魚怪的側身就咬上去，鱷魚怪受到三面干擾，沒有咬到海倫，它用力一甩，本傑明、派恩和保羅一起飛了出去。鱷魚怪轉身咬向南森，南森連忙後退兩步。

「千噸鐵臂——」南森唸了一句魔法口訣，頓時，他的雙臂變長，同時變得像鋼鐵般堅硬，千噸鐵臂隨即砸向鱷魚怪。

鱷魚怪感覺到了風聲，連忙躲避，但是它躲閃不及，千噸鐵臂重重地砸在了它的腰部。

「啊——」鱷魚怪慘叫一聲，身體扭曲着，連忙後退。

「好——好——」本傑明和派恩齊聲喊道，他們看到制服鱷魚怪的辦法了，千噸鐵臂這個魔法明顯很有效。

「砸它——砸它——」保羅也在一邊喊，給出的意見顯然更加具體。

第九章　同頻率

鱷魚怪知道了南森的厲害，開始躲避南森的攻擊。這邊，南森再次揮舞起雙手，狠狠地砸向鱷魚怪，鱷魚怪猛地一跳，躲過了南森的雙臂，忽然，鱷魚怪轉頭咬向南森的雙臂。

南森略微一愣，連忙閃開，他有些疑惑，鱷魚怪遭到千噸鐵臂攻擊後，明顯不能抵禦這種攻擊，它應該會避開他，與他保持一定距離，甚至逃走，但是它竟然咬向自己的手臂，鱷魚怪應該明白，這種利用魔法變化的手臂是咬不斷的，崩掉它的牙都有可能。

鱷魚怪第一口沒有咬到，隨後猛躥一步，再次咬向南森的手臂，南森沒想到它又咬過來，他想收回手臂，但是來不及了，南森的雙臂一起被鱷魚怪張開的長達一米多的大嘴咬住。

南森一驚，連忙往回抽動手臂，但是根本就抽不動，鱷魚怪把南森咬得死死的，同時，鱷魚怪很是得意地看着南森，那樣子似乎都要笑出來了，南森突然感到鱷魚怪醞釀着什麼陰謀。

鱷魚怪突然發力，把南森往水下拉，想把南森拖進水中溺死。南森用力往回拉，他倆在水面上僵持着，這邊海倫和本傑明衝過來要攻擊鱷魚怪。

鱷魚怪冷笑一聲，咬着南森的手臂，身體突然開始旋轉，南森用力抵抗它這種旋轉，但是鱷魚怪的力氣很大，南森的手臂幾乎被扭轉了100度，他痛苦地叫起來。

「致命翻滾——」保羅在一邊看出了名堂，他大聲地提醒南森，「博士——同向旋轉，頻率每分鐘七十次——」

南森立即明白了保羅的意思，鱷魚怪此時是向右翻滾的，南森的身體也順勢向右翻滾，並且保持每分鐘七十次的這個頻率。此時，鱷魚怪咬着南森的手臂和南森一起翻滾，他倆頻率一致，南森快點或者慢點，手臂都會被鱷魚怪擰下來。突然，鱷魚怪停了下來，南森也跟着停下來，鱷魚怪忽然向左翻滾。

「向左，頻率每分鐘八十次——」保羅測出了鱷魚怪的翻滾速度，大聲提醒南森。

南森連忙按照保羅的提示翻滾，與鱷魚怪再次保持同向、同頻率，但是他此時已經精疲力竭。

「哇——哇——」本傑明和海倫一起撲上去，他倆抱着鱷魚怪，用拳頭狠擊鱷魚怪的眼睛。

派恩抱住旋轉的鱷魚怪，什麼都不管了，他知道拳頭砸沒有用，撲上去就用牙狠狠地咬向翻滾的鱷魚怪。

「啊——」，不知道鱷魚怪是被海倫砸中了眼睛，還是被派恩咬得很痛，鱷魚怪大叫一聲，它張開了嘴，南森

趁機抽出了手臂，連忙後退幾步，他的手臂劇痛無比，從長長的千噸鐵臂狀態恢復到平常狀態，他咬着牙，捂着自己的手臂，剛才要不是同步旋轉，手臂早就被擰斷了。

鱷魚怪大叫之後，身體一滾，海倫他們都飛了出去，鱷魚怪隨後浮在水面上，衝着南森游了兩步，南森連忙後退。

「炸它眼睛——」海倫似乎找到鱷魚怪的軟肋，向鱷魚怪的眼睛位置射出了一枚凝固氣流彈。

「轟——」的一聲巨響，鱷魚怪的頭在爆炸後被一陣煙霧籠罩，隨後，煙霧散盡，鱷魚怪看了看海倫。

派恩、本傑明和保羅一起，悄悄地移動到鱷魚怪的身後，試圖趁它不備發動攻擊，鱷魚怪猛地一轉身，看着他們三個。

「嘿嘿嘿……」派恩居然勉強笑笑，隨即假裝若無其事的樣子。

派恩的表情像是在說「我們不想幹什麼」。鱷魚怪的樣子則像是在說「我知道你們要幹什麼。」他們對峙了有五秒鐘，鱷魚怪似乎無心再戰，它又看了一眼南森，轉身就向湖中心方向游去，隨後，它的身體下潛，完全不見了蹤影。

幾個小助手看着鱷魚怪下潛，全都不知所措，但是就這樣看着鱷魚怪逃走，他們不甘心。鱷魚怪一定也是看到這種對抗，自己雖不至於潰敗，但無法取勝，所以乾脆撤走。

「老伙計——」南森忽然呼喚保羅，他的體能和魔力消耗了很多，有種明顯的力不從心的感覺。保羅聽到南森叫自己，立即走到南森身邊，「老伙計，你和本傑明去莫里水道，那是哈里森湖通向阿德萊德河的唯一水道，把守住那裏的出入口，如果鱷魚怪試圖闖過那裏，就用導彈轟擊，這樣鱷魚怪就會被困在這個湖裏，我怕它發現魔法師後乾脆逃走，沿着阿德萊德河游向大海，那就很難找到他了。」

「好的，我們這就去。」保羅和本傑明一起說。

「海倫，派恩，你們去找到距離這裏最近的幽靈雷達，取出來後去找本傑明他們匯合，把這個幽靈雷達放置在水道那裏監控，鱷魚怪一定想逃走的。」

「好的。」海倫說，「博士，你呢？」

「我到岸上去，坐約伯里的車去找你們匯合，我魔力消耗大，沒有力氣懸浮穿越湖面了。」南森說着喘了一口氣，「你們到了水道那裏上岸，你們也要休整一下，懸浮移動也會耗費很大魔力。」

海倫和派恩點着頭，去找幽靈雷達了。保羅和本傑明已經出發，急急地向水道那邊行進，他們利用懸浮魔法，腳尖踏着水面，快步移動。保羅一邊行進一邊發射探測信號，真如南森的預判，鱷魚怪要逃離這裏，此時有可能也向水道那邊逃竄呢。

前方，距離莫里水道的入口不足五百米了，保羅突然叫了起來。

「鱷魚怪——就在我們前方四百米處——」

「它要逃跑——」本傑明說，「要阻止它——」

「直接轟擊——」保羅已經打開了追妖導彈的發射架，發射架彈出後，彈頭對着水道方向，「發射——」

一枚追妖導彈呼嘯着發射出去，鱷魚怪此時距離河口已經不足五十米了，而保羅他們的魔力耗費很大，不足以支撐他們一直追擊到阿德萊德河。

「轟——」的一聲巨響從保羅和本傑明的前方傳來，本傑明還看見了遠處炸起的水浪。

「好——」保羅叫了起來，「應該是炸中了——」

「太好了——」本傑明激動地說，「這一下就把它解決了……」

「等等——」保羅忽然做了個手勢，他不斷發送着探測信號，「兩個目標，都有魔怪反應，一個目標漂走了，一個目標留在水道入口那裏。」

「什麼意思？」本傑明有些不解。

「它應該……」保羅加快了腳步，此時他很疲憊了，「沒有被完全摧毀，導彈發射距離較遠，又是水下目標……」

「是不是沒有被炸中呀？」本傑明這下可着急了。

「炸中了，一定炸中了，身體有分離。」保羅很是肯定地説，「但可能沒炸死，去看看就知道了……」

很快，他們就來到湖的最東邊，那裏有一條水道，直接通向更遠方。

一條鱷魚的斷肢，漂在湖面之上，但是鱷魚怪不知所蹤。

「這是鱷魚怪的前肢……或者是後肢……」本傑明看着那個斷肢，「沒有其他部位，老保羅，你只炸斷了它的腿——」

「給它跑啦——」保羅大叫起來，「我剛才鎖定到了兩個目標，可是不能跟蹤那個漂離水道入口的目標呀，萬一那個是斷肢，這個是鱷魚怪，那就……」

「我知道，我知道。現在看漂離的那個目標應該是游走的鱷魚怪。」本傑明說着指了指岸邊，「我們到岸上去，守住這個出口，鱷魚怪就被困在這個湖裏了。」

保羅向前走了幾步，一拳就把那條斷肢打到岸上去。他和本傑明隨後上到岸邊，本傑明坐在地上，他消耗了大量的魔力，已經很是力不從心了。保羅還好，他警惕地看着四邊，並不斷向湖中發射探測信號。

「鱷魚怪……不會從陸地上逃走吧？」本傑明忽然很憂慮地說。

「基本不可能。」保羅說，「這種鱷魚怪在地面上的移動和普通鱷魚一樣，不但緩慢，而且目標很大，要是被我們發現，它半點逃走機會都沒有了，在水下反倒有點機會，它不敢冒這個險的。」

「那就好，那就好。」本傑明說着雙手支在地上，忽然，他猛地抬起身子，大叫起來，「是誰？魔怪——」

「不要過度緊張。」保羅很是不屑地說，「是管家婆和你的死對頭。」

遠處，湖面之上，海倫和派恩正向這邊走來，海倫手裏還拿着一台幽靈雷達。海倫一臉緊張，派恩也是。

「老保羅——」距離岸邊十多米，海倫就喊道，「剛才有追妖導彈爆炸聲，炸死鱷魚怪了嗎？」

「炸死了……」保羅喊道。

「啊？」派恩興奮地衝上岸，「真的嗎？」

「……一部分。」保羅指着地上的那條斷肢，「看看吧。」

「哎——」派恩走到斷肢前，彎腰看了看，「老保羅，你能不能準確地表達發生的事情？」

「我覺得很準確呀。」保羅搖着尾巴說，「鱷魚怪遭到了重創，而且我把它堵住了，它游到湖裏去了，逃跑不了了。」

「幽靈雷達放在這裏。」海倫把幽靈雷達放在距離岸邊不到五米的一塊石頭上，雷達的探測天線對着湖面方向，「這裏的湖水和水道都只有十米多深，鱷魚怪游過來，一定會被發現。」

這時，不遠處傳來汽車的聲音，他們向旁邊的公路看去，不一會，南森和約伯里走了過來。南森走路平穩，看上去恢復了很多。

海倫迎過去，想要攙扶南森，南森擺擺手，說自己好多了。保羅也走過去，向南森説明了剛才發生的情況，特別強調了自己在鱷魚怪就要逃走的千鈞一髮之際發射了導彈，還重創了鱷魚怪。

「這是鱷魚怪的……後肢？」南森走到那條斷肢那裏，看了看，問道。

「是後肢，我查了一下。」保羅説，「這傢伙正在湖底的某個地方舔傷口呢，不過這種魔怪自身修復能力也很強。」

南森點點頭，隨後走到岸邊，看着眼前一望無際的湖面，又向兩邊的樹林看了看，他站在岸邊，思考着什麼。

小助手們和約伯里都跟在南森的身後，約伯里也看到了那條鱷魚怪的斷肢，他倒是很高興，鱷魚怪雖然還沒有抓到，但是的確遭到了重創。

「老伙計。」南森指着湖面問，「鱷魚怪向哪個方向逃走了？」

「那邊——」保羅走過來，指着湖面的東側説，「一直游，游出了我的探測範圍就不見了。」

「時間過去很長了，它可以游向任何地方。」南森的表情凝重，「湖面上只有兩台幽靈雷達了，通過幽靈雷達找到它的機會更小了。」

「但是它被牢牢地困在湖裏了。」約伯里在一邊説。

「對。守住這個水道出口，鱷魚怪不敢走陸地……」南森説着轉身看看約伯里，「警官，請呼喚直升機前來低空沿岸巡航，防備鱷魚怪鋌而走險，出現在陸地上。」

「是。」約伯里説着拿出電話，走到一邊調動直升機再次前來巡航。

「它也在想辦法……」南森看着湖面，「它一定急着逃出去……」

「我們守在這裏，萬一它發現逃不走，躲在水底某個角落，也很難把它找出來。」海倫憂心忡忡地説，「鱷魚可以長期潛伏在水底，換氣的時候只要悄悄露出鼻孔，我們很難發現。」

「確實困難。」南森説，「我們現在要爭取主動，不能就這樣等着它自己現身，這是關鍵。」

「要是它敢從這裏闖關，我就用導彈炸它。」保羅很是自信地説，「把它剩下的腿也炸飛，但是它要是不來……」

「等一下。」南森突然擺擺手，「老伙計，你説什麼？」

保羅愣了一下。

「它說『剩下的腿』……」派恩看到保羅發愣，幫忙說道。

「我說『它要是不來』……」保羅瞪大眼睛，看着南森。

「不是，你說『用導彈炸它』？」南森也看着保羅，「『用導彈炸它』？」

「啊……對……」保羅點點頭，他還是有些發愣，「不行嗎？那用什麼炸它？」

「深水炸彈！」南森斬釘截鐵地說，「沒錯，就用深水炸彈，老伙計，你的建議很好。」

「我的建議一直都很好。」保羅得意地說。

「我的也是。」派恩忙不迭地說，「因為我是天下第一超級無敵魔幻……」

「停——」本傑明和海倫一起對派恩擺擺手，同時大喊道。

「……小神探……」派恩努力地把最後一個詞說完，聲音極低，還可憐巴巴地看着大家。

第十章　深水炸彈

本傑明和海倫都看着南森，南森知道他們想問什麼，不過他急急地拉着剛剛打完電話的約伯里。

「警官，馬上派人和軍方聯繫，我們需要起碼五十枚深水炸彈，在這個湖面用直升機投擲，覆蓋全部湖面，深水炸彈的威力，足以將鱷魚怪逼出水面，只要它出水，那就好辦了……啊，對了，還要找兩艘快艇來……」

南森把自己的全部構思告訴了大家，他的計劃堪稱完美，小助手們和約伯里聽完全都很興奮。

約伯里已經跑向汽車，他開車走了，去完成南森安排的向軍方調集深水炸彈的事，同時，他們還需要專業的施放人員。

約伯里走後，南森看了看海倫擺設的幽靈雷達，如果鱷魚怪在附近出現，一定會被幽靈雷達和保羅一起發現。

「現在的問題是，深水炸彈如果能把鱷魚怪逼出湖底，抓捕難度極大。」南森把大家叫到一處，開始了布置，「你們剛才都看到了，剛才我的千噸鐵臂被它咬住，隨後展開的就是鱷魚們捕食的絕殺技巧——高速旋轉，或者說高速翻滾，即是咬住獵物後自身旋轉，利用扭力扯斷獵物的身體。」

「我知道，昨天我們看到的那隻斷肢袋鼠，一定是不小心被鱷魚怪咬住了前肢，然後被鱷魚怪利用身體旋轉的力扯下來的，還好是前肢。後來本傑明和我看到的那隻死掉的袋鼠就不一樣了，身體被撕成兩段，一定是鱷魚怪咬住了牠的半個身子，隨後旋轉身體，袋鼠的身體就分離了，博士分析得對，那隻只剩下後半截身子的袋鼠體型龐大，鱷魚怪一口咬下也咬不斷牠的身子，它一定是使用了高速旋轉的技能，扯斷了袋鼠的身體。然後鱷魚怪可能是吃飽了，沒有去吃另外小半段身子。」海倫認真地說着，邊思考邊說，「利用翻滾力撕扯獵物可是鱷魚的絕招。」

「如果剛才保羅沒有及時測出鱷魚怪的旋轉頻率並告訴我，我的胳膊也要被它扯斷了，它這種旋轉、翻滾的力量魔法師也抗拒不住。」南森說着看了看自己的胳膊，剛才的情況萬分緊急，此時想想都後怕。

「博士，要是它浮出水面，我可以用追妖導彈攻擊它。」保羅建議道，「而且它已經被我炸斷一條腿了。」

「所以它會很警覺。」南森微微地搖搖頭，「如果能用追妖導彈攻擊，那是最好的，但是它會有所準備，它非常清楚我們把它逼出水面要幹什麼，如果它不等我們靠近，再次潛入水底，追妖導彈向水下發射，因為水下情況複雜，攻擊效果可能就差很多，而且老伙計目前只有三枚導彈了，海倫，備用彈帶了嗎？」

「沒有。」海倫焦急地搖搖頭。

「沒關係。」南森擺擺手，他忽然看了看地上那隻鱷魚怪的後肢，「不用追妖導彈，我們這次直接展開攻擊……」

「可是萬一被咬住？」本傑明和海倫都有些慌忙，用力地搖頭。

「就是讓它咬住，一定要讓它咬住。」南森說着淡淡一笑。

「讓它咬？」海倫和本傑明互相看看，全愣住了。

「派恩，剛才鱷魚怪為什麼鬆開了咬着我的手？」南森沒有直接回答海倫和本傑明，而是轉向了派恩。

「啊……」派恩愣了愣，然後想了想，「本傑明和海倫打鱷魚怪的眼睛？我咬了鱷魚怪？」

「打它的眼睛它會回避，而且落下來阻擋的眼皮同樣和鋼鐵一般堅硬。」南森説，他看看派恩，「所以你咬了鱷魚怪，起了很大作用。」

「啊？」派恩頓時興奮起來，「是嗎？博士，你看你，總是表揚人家，你讓沒被表揚的人，比如説本傑明，可怎麼辦？」

「我……」本傑明頓時就生氣了。

「你咬中鱷魚怪的什麼部位了？」南森對本傑明擺擺手，現在可是討論的時間。

「咬中……」派恩想了想，抓了抓腦袋，「好像……它的身體吧……」

「當然是鱷魚怪的身體。」本傑明馬上説，「你咬到袋鼠的身體鱷魚怪鬆嘴才怪呢。」

「我……」派恩看着南森笑了笑，「博士，你知道我對這種細節……」

「腹部，我看到了，你咬到了鱷魚怪的腹部。」南森認真地説，「這麼龐大威武的鱷魚怪，本質還是鱷魚，牠們有着堅硬的後背，但是腹部柔軟，這就是牠們全身最為脆弱的地方，也是最容易被有效攻擊的地方，所以派恩咬了鱷魚怪的腹部一口，它居然就鬆開咬着我的嘴，所以這次進攻，我還是要讓鱷魚怪咬住手臂！」

「我明白了，鱷魚怪咬住你的手臂，依然會進行致命翻滚，這樣它柔軟的腹部就會暴露出來了。」海倫有些激動地説。

「對，這時候我們就展開攻擊……」南森立即說。

「博士，你的手臂呀，萬一不同步……」派恩大喊起來。

「一天到晚『天下第一』！」本傑明用手點着派恩，「天下第一笨呀，博士可以伸進去一隻假的手臂。」

「嗯，本傑明。」南森看着本傑明，笑着點點頭。

這時，天空中傳來一陣轟鳴聲，兩架直升機沿着湖的兩岸開了過來，南森他們看過去，兩架直升機都是武裝直升機，各有一名手持衝鋒槍的警員坐在機艙裏，腳懸在外面，看着地面。經過南森他們的頭頂的時候，兩個警員都對南森他們揮揮手，南森他們也一起揮手。

「好了，鱷魚怪所有的逃跑路徑被切斷了。」南森看着飛遠的直升機，「直升機巡航，鱷魚怪就是冒險從陸地逃走也會立即被發現。」

「現在我們就等深水炸彈了。」本傑明説。

「還有快艇。」派恩補充道。

「這需要一定的時間，尤其是深水炸彈。」南森看着遠處的湖面説道。

他們繼續討論着抓捕方案，不斷細化各個細節，做到萬無一失。此時已經是中午了，南森他們反覆推敲着方案，還接到了約伯里的電話，約伯里説一切進展順利，但是需要時間，投擲深水炸彈的直升機有五十架，正在全力集結，集結完畢後，將由南森進行指揮。

「博士——它又來了——」大家正在討論的時候，保羅忽然叫了起來，「它在水面上——」

南森他們立即跳了起來，向湖面跑去。

「它好像發現我們了，它跑了——」保羅大喊着，隨後停下，「速度極快，啊呀，脱離我的搜索範圍了——」

大家已經跑到了湖面上，他們都是跟着保羅的，保羅停下後，他們也都停下。

「它剛才的方位距離我們這裏六百米，它是在水面上游過來的。」保羅又發射了幾個探測信號，但是沒有回饋，「鱷魚怪的視力極好，它從水面上觀察到我們，轉身跑了。」

「説明它還是想從水道逃離這裏。」南森帶着大家退到岸上，「不過這也確定了鱷魚怪還在這個湖裏，這就好了，它跑不掉的。」

正説着，不遠處傳來汽車聲音，而且不止一輛。不一會，約伯里的車出現了，後面還跟着兩輛拖車，每輛拖車的後面拖着一艘架在移動輪架上的快艇。

約伯里停好了車，向南森這邊走來，他告訴南森，兩艘快艇已經準備好了，五十架直升機就在五公里外的一片草場集結，每架直升機上會有一名有經驗的水兵負責投彈，此時，深水炸彈正在陸續向直升機上搬運。

南森把討論出來的具體行動方案告訴了約伯里，隨後，大家把兩艘快艇放到了水裏。約伯里不停地用對講機和草場那邊聯繫，而這次前來，他還帶了幾部對講機，南森他們此時也人手一部。

半小時後，草場那邊傳來了消息，深水炸彈已經全部搬上直升機，直升機編隊隨時可以起飛。

南森看看海倫，對她點點頭。海倫手裏拿着一台幽靈雷達，同樣點點頭，隨後和約伯里走了。十多分鐘後，海倫通過對講機報告，自己在草場上了一架武裝直升機。這架能夠搭乘四人的直升機，是這個直升機羣的指揮機，而此時的海倫，就是整個直升機羣的指揮官。

「好的。」南森通過對講機對海倫説，隨後，他下令，「海倫，直升機編隊，起飛投彈。」

「噠噠噠噠噠——」五公里外的草場，一片轟鳴聲，五十架直升機每十架一排，每架飛機相隔四百米，一共五排，陸續從草場起飛。它們的飛行高度距離地面都只有五十米，而在直升機羣的上方五十米，是海倫乘坐的那架武裝直升機。

南森他們都已經上了快艇，南森和保羅在同一艘快艇上，本傑明和派恩駕駛另外一艘快艇，快艇的發動機已經啟動，只要推動油門，兩艘快艇就會飛快地駛向湖面。

第一排十架直升機很快就飛到了湖面上，直升機的艙內，一個水兵在一名警員的協助下，控制着一枚深水炸彈。

第一排直升機很快就飛進湖面範圍一百多米，海倫一直和南森保持着聯繫，當第一排直升機飛進湖面將近五百

米距離的時候，按照事先的計劃，海倫下達了投彈的命令。

十枚深水炸彈從直升機上一起扔了下來，投彈完畢的直升機五架向左，五架向右，掉頭返航，後面未投彈的直升機出現在第一排。

深水炸彈爆炸的預定深度都是十米，十枚深水炸彈入水後，將水面砸出十個兩米多高的水浪後，緩緩下降。

「轟——轟——轟——」，沉悶的爆炸聲先後響起，

隨後，湖面被掀起了十個高三十多米，寬二十多米的巨大水柱。遠遠望去，十個巨大水柱，就像是豎立起來的一道水牆，非常壯觀。

南森他們在湖的南面，能聽到北面傳來的爆炸聲。深水炸彈是人類攻擊武器，不一定對鱷魚怪有殺傷力，但是在水底爆炸會產生巨大的衝擊波，幾乎掀翻水底，而且輻射面積極大，躲在水底的鱷魚怪就會浮出水面規避，而這正是南森所需要的。

第十一章　斷枝

第一批次的深水炸彈爆炸後，第二排直升機飛過來，海倫在最上面的指揮直升機裏計算着距離，這排直升機飛了五百米後，海倫下令投彈。她要讓着五十枚深水炸彈最大範圍地覆蓋整個湖面。

「嗖——嗖——嗖——」，又是十枚深水炸彈投擲下去，隨後投彈完畢的直升機飛走，第三排直升機頂在了第一排。

「轟——轟——轟——」，深水炸彈落進水底後，一起爆炸，又是一道巨大的水牆升起，幾乎要吞沒低空飛行的直升機一樣。

海倫看着湖面，鱷魚怪沒有被炸上來，她的幽靈雷達也搜索着湖面，鱷魚怪只要浮出水面，就會被她鎖定。

這次轟炸並沒有逼出鱷魚怪，第三排直升機前進了五百米後，海倫下令投彈。

一排水牆再次被炸起，南森這邊已經能看見被炸起的水牆了，爆炸的聲響也越來越大，兩艘快艇不停地晃動着。爆炸產生的衝擊水紋，一排排地向南森這邊湧來。

「還沒有出來嗎？」本傑明有些焦急地說，「這都是第三批次的轟炸了。」

「不要着急，不要着急……」派恩擺擺手，隨即臉色一變，「哎，急死我了，怎麼還沒有炸出來？」

遠處，第三排直升機飛走，第四排直升機飛了過來，海倫也有些焦急，她向後看了看，第五排直升機就跟在身後，根據預先的推斷，這兩排直升機投彈區域，是鱷魚怪最可能躲避的區域。

第四排直升機飛了五百多米後，海倫下令投彈，十枚深水炸彈從飛機上扔了下來，湖面上先是濺起小水柱，深水炸彈緩緩下沉，直升機轉身飛走。而海倫的直升機則懸停在湖面一百米上方，等待着爆炸。第五排直升機則緩緩地前行，如果鱷魚怪沒有被炸出，海倫會快速跟上，指揮他們投彈。

「轟——轟——轟——」，水牆被炸起，爆炸聲震動着空氣，海倫看着下面的爆炸，巨大的水柱落下去都要好幾秒，水面還未平靜的時候，海倫的幽靈雷達的熒幕一陣

閃動，魔怪反應出現了，隨後，翻滾的湖面上，那隻鱷魚怪躍出水面，它有些氣喘吁吁的，表情很是痛苦。海倫清楚地看到，鱷魚怪只有三條腿了，它的右後腿不見了。

「在左邊——」海倫坐在駕駛員旁邊，看到了鱷魚怪，她激動地拍拍駕駛員的肩膀，「向左三百米——」

駕駛員也看到了湖面上的鱷魚怪，直升機立即飛過去，飛到了鱷魚怪的頭上。

「第五排直升機，飛到湖邊待命——」海倫下令，她拿起了對講機，「博士，目標出現，在湖中心區域……」

海倫一邊向南森報告，一邊用手指着鱷魚怪，駕駛員把直升機飛到了鱷魚怪頭頂五十多米的地方，懸停。

湖面上，深水炸彈掀起的水浪繼續向上翻滾着，鱷魚怪的身體一晃一晃的，它看到了逼近自己的直升機，感到不妙，努力地向水下鑽去。

「噠噠噠噠噠——」，武裝直升機上，警員開始向鱷魚怪射擊，子彈打在鱷魚怪後背上，都彈飛了，警員其實知道槍彈對魔怪其實起不了什麼作用，但是這是海倫特別提示的，這樣操作，等於向南森提供了具體的方位指引。

湖面上，兩艘快艇向海倫這邊疾駛，快艇的艇身幾乎離開了水面，在水面上飛行，前方的直升機轟鳴和槍聲給了他們明確的目標指示。

鱷魚怪幾乎感覺不到槍彈攻擊，它發現自己暴露了，急於鑽到水裏去，此時在湖底相對更加安全，這一點它非常清楚。

眼看鱷魚怪又要潛入水底，海倫看了看身後的一名水兵，這名水兵扶着一枚深水炸彈——軍方提供了幾枚備用彈，海倫的直升機上特別放置了一枚。

「投彈——」海倫對水兵下令，「把它炸出來——」

水兵看着湖面，對着鱷魚怪消失的地方，把深水炸彈扔了下去。

「博士，你們小心，我們這裏再投放一枚深水炸彈。」海倫已經看到了遠處正在趕來的南森，南森他們此時距離直升機這裏也就一千米左右。

南森答應一聲，放慢了行進速度，同時指揮本傑明也放慢速度。

「轟——」的一聲，深水炸彈在湖底爆炸，發出沉悶的響聲，隨後，湖面上直直地飛起了一道巨大的水柱，爆炸處的湖面被拔高，湖水翻騰着向上湧，巨大的衝擊波很

快就延伸到正在駛過去的兩艘快艇這裏，南森和本傑明努力將船首正對衝擊波，如果船身側對衝擊波，快艇會被衝擊波推得翻倒在水中的。

隨着水流的湧動，鱷魚怪很不情願地被水流推向水面，它的後背先露了出來，隨後，整個身子露了出來。鱷魚怪的身體完全露出後，看得出來，它還是想回到水下，但是翻騰的水浪把它向上推，而且它似乎害怕頭頂的直升機再次投放炸彈，所以只是艱難地向前游動。

「嗒嗒嗒嗒嗒——」，直升機上的警員連續向鱷魚怪射擊，海倫指揮着直升機跟了上去，他們距離鱷魚怪不到五十米，直升機的螺旋槳轉動，巨大的風吹向水面，和翻湧上來的水浪對衝，形成難得一見的景象。

兩艘快艇疾駛而來，不過巨大的直升機轟鳴聲壓過了快艇的馬達聲，鱷魚怪拼命地游動着，直升機急追不捨，而且越飛越低，直升機上的警員坐在打開的艙門那裏，腳懸在外面，對着鱷魚怪不停地射擊，他幾乎看到子彈打在鱷魚怪後背四處反彈，警員對着鱷魚怪的頭部，連續發射，一共十多發子彈打在鱷魚怪頭上。

「啊——噢——」鱷魚怪明顯被打急了，它突然大喊一聲，身體從水面直立起來，隨後猛地跳躍，長長的大嘴張開，對着直升機就咬了上去。

大家誰都沒有想到鱷魚怪還有這樣一招，高高躍起的鱷魚怪身體懸空足有五米，加上身高，它幾乎都咬到越飛越低的直升機了。直升機上的警員一驚，下意識地抬起了腳，身體用力往機艙裏收，直升機駕駛員很是機靈，猛地把飛機拉高了十多米。

鱷魚怪拼盡了力氣，它雖然是魔怪，但是跳躍絕對不是它的強項，它重重地掉進水裏，把湖面又濺起巨大的水花。

直升機不再下降，駕駛員調整好位置，懸在鱷魚怪頭頂三十米的距離，那名警員緩了緩，繼續向鱷魚怪射出了幾發子彈。

鱷魚怪落進水裏後，不敢深度下潛，它繼續向前游着，儘管它也知道，無法擺脱這死纏着自己的直升機。少了一條腿的鱷魚怪似乎並未受到什麼影響，它游動的速度依舊很快。這時，兩艘快艇一左一右快速接近了它，由於有直升機的轟鳴聲，它對身後出現的快艇竟然一無所知。

看到南森他們接近，直升機上的警員停止了射擊，直

升機也向上抬升了十米，螺旋槳對水面產生的衝擊力沒有那麼大了，鱷魚怪心中暗喜，以為能擺脫直升機的緊隨，它加速向前一竄，但是忽然感到一股水波推來，抬頭一看，一艘快艇橫在了自己面前。

鱷魚怪一驚，它看到了快艇上的南森，它向後看看，同時發現了身後的本傑明，它愣了一下，停在了水面上，不知道該繼續向前還是向後。

快艇衝向了鱷魚怪，鱷魚怪微微抬起身子，準備迎戰，它揮舞着兩隻前腿，嘴巴也張開，就像是要把南森和快艇一起吞下一樣。

「還敢頑抗！」保羅站在快艇的船首，大喊着。

南森駕駛着快艇衝到鱷魚怪身邊，他似乎不想利用魔法站在水面上攻擊鱷魚怪，只是把快艇側過來對着鱷魚怪。

「啊——噢——」鱷魚怪大吼一聲。

南森走到船舷邊，揮舞起雙臂，同時唸出一句魔法口訣，他的兩個胳膊頓時變長，變得堅硬，他又使出了「千噸鐵臂」的魔法。

鱷魚怪做好了準備，等着南森砸下來，如果南森砸下

來，它會先避開，隨後去咬住南森的手臂，進行翻滾，這次它想好了，準備在翻滾過程中突然變換頻率，它知道保羅上次算出了自己的翻滾頻率，告訴南森後使得南森能同步翻滾，因此沒有被扯下肩膀。

「呼——」的一聲，南森的雙臂一起重重地砸下，鱷魚怪連忙向旁邊一竄，南森的雙臂砸在了水裏，水花四濺。他還沒有收起手臂，鱷魚怪一口就咬了上來，南森連忙躲閃，他提起手臂，有些慌亂地把手臂收進到快艇的艙內，他長長的手臂托在艙內，看着水面上的鱷魚怪。

鱷魚怪也看着南森，目光兇惡充滿挑釁，它覺得南森也就這幾招，而且即使自己被南森砸中，也不會受太重的傷，因此還有些得意。

「啊——」南森忽然大喊一聲，再次舉起了雙臂，這次他沒有雙臂一起砸下，而是先把右臂砸向鱷魚怪。

鱷魚怪連忙閃躲，南森的右臂砸向水中，砸出一道水浪，就在南森剛剛抬起手臂的時候，鱷魚怪狠狠地，一口就咬了上來，這次南森沒有躲閃開，被鱷魚怪一口咬住右臂。

「啊——啊——」南森大喊着，表情很是慌亂，他連忙用力往回抽動手臂，但是被鱷魚怪咬得死死的。

鱷魚怪得意地看看南森，隨後猛地開始翻轉，南森用力對抗着，努力不被鱷魚怪把胳膊轉斷，他和鱷魚怪僵持着，但是臉色發白，眼看就要堅持不住了。

鱷魚怪的身體完全側過來，白色的腹部都露了出來，而南森的胳膊已經被轉動了大半個圈，南森痛苦地叫着，身子也側了過去，鱷魚怪向右用力，南森的手臂向左用力，他的手臂眼看就要被轉斷了。

另一艘快艇上，本傑明和派恩一起瞄準了鱷魚怪的白色腹部，直升飛機上，海倫縱身一躍，從幾十米高的半空跳下來，她也瞄準着鱷魚怪的腹部。

「凝固氣流彈——」三人一起喊道。

「嗖——嗖——嗖——」，三枚凝固氣流彈一起射向鱷魚怪的腹部，鱷魚怪還在用力，只要加一點力，它就能把南森的胳膊轉動360度了。

「轟——轟——轟——」三枚凝固氣流彈在鱷魚怪的腹部爆炸，與此同時，鱷魚怪用力一轉，「咔——」的一聲，南森的手臂斷了，鱷魚怪得逞了，它的身體完全轉了過去。

轉動過去的鱷魚怪大叫一聲，張開了嘴，南森的那條斷臂被鬆開，漂在水面上。

鱷魚怪落在水裏，隨後一動不動的。

現場，除了直升機的轟鳴聲，一切都沒有了聲息，海倫跳在南森的快艇上，大家都看着水面上的鱷魚怪。斷了臂的南森不知為什麼沒有一點痛苦，他也看着幾米外那隻在水面上漂着的鱷魚怪。

鱷魚怪還是一動不動的，水浪把它推動着，搖晃着，在它的身體下，一股墨綠色的液體湧出，浮在水面上，面積越來越大。忽然，一股較大的水浪一推，鱷魚怪翻轉了過來，它依舊是一動不動的，它那白色的腹部，完全被凝固氣流彈炸開了，形成一個長兩米多，寬三十多厘米的豁口，墨綠色的液體從裏面流出來——那是它的血液，魔怪的血液。

「哈哈哈——成功了——」站在船首的保羅興奮地喊道。

鱷魚怪死了，它最後轉下南森的手臂時，腹部被凝固氣流彈完全炸開，還沒什麼反應就死了。南森的胳膊根本就沒有斷，斷的是一根比手臂粗些的樹枝，這根樹枝剛才

就在船艙裏，南森第二次砸鱷魚怪之前，把手放回船艙，右手恢復原狀，抓着這根變化成「千噸鐵臂」的樹枝再砸向鱷魚怪，故意躲閃不開，被鱷魚怪咬住，南森和鱷魚怪角力的，其實是這根樹枝，鱷魚怪咬住樹枝後以身體進行翻滾，南森單手當然抵擋不住，最後折斷的，就是這根樹枝。

一切都在南森的掌控和計劃之中，鱷魚怪最薄弱的地方就是腹部，鱷魚怪試圖折斷南森的「手臂」，並和南森僵持的時候，腹部就露了出來，海倫、本傑明和派恩一起攻擊，鱷魚怪被炸開了腹部。一切都結束了，這個危害人類的隱患被徹底消除了。

海倫拿着對講機，通知頭頂上的直升機羣返航。武裝直升機的駕駛員對海倫招招手，掉轉機頭，返航了，在兩側待命的最後一排直升機，也轉頭回航了。湖面上頓時安靜了很多，只有快艇馬達低速運轉的聲音。

鱷魚怪四腳朝天的在水上漂着，它的眼睛還是睜着的，似乎保持着對南森他們的憤怒，但一切都晚了。兩艘快艇在鱷魚怪身邊蕩來蕩去，大家都看着這隻鱷魚怪。

「博士，真是太棒了。」保羅回頭望着南森，「你這招出其不意，它根本就想不到，還以為咬到你的胳膊了呢。」

「想不到，我也想不到呀，這傢伙居然這麼大。」南森看着鱷魚怪那巨大的身軀，「比我們勘查時得到的結果還要大些。」

「再大也被擊斃了。」派恩很是得意地說，「我感覺我發射的凝固氣流彈第一個命中了鱷魚怪的腹部。」

「噢——」本傑明翻翻眼睛，不過沒再說下去。

「口供沒有了，最好是抓活的，但是現在……」南森依舊看着鱷魚怪，「這麼龐大的身軀，長成魔怪應該也在百年以上了，不知道以前是否還去害過別人？」

「這個只能查詢當地警方的記錄進行推斷了。」海倫想了想，說道。

「我們把這傢伙弄到這裏的大學實驗室去，進行解剖研究，看看它是什麼時候長成魔怪的。」南森回頭看了看快艇的體積，勉強能裝下這隻鱷魚怪。

「還要檢查一下它有沒有其他的魔怪反應，推斷它是否還有同夥。」本傑明大聲地說。

「完全正確。」南森滿意地看看本傑明。

本傑明得意地環視着大家，看到派恩的時候，目光多

和他對視了幾秒，派恩連忙轉頭，假裝沒看見。

南森他們先找回還在湖水裏的兩台幽靈雷達，然後把鱷魚怪抬到了一艘快艇上，運到岸邊，得到通知的約伯里已經叫來了一輛大拖車，拖車直接把鱷魚怪拉到了達爾文市立大學的實驗室，南森他們跟着一起到了實驗室。

經過解剖分析，鱷魚怪大概在一百五十年前從一隻鱷魚變化成了魔怪，具體原因確實是無法查證了。

魔怪大多獨居，但是鱷魚怪基本保持鱷魚的習性，所以如果在鱷魚怪身上檢測出其他的魔怪反應，那就説明鱷魚怪還有同夥，不過還好，經過反覆檢測，沒有發現其他的魔怪反應，説明只有這一隻鱷魚怪。

南森推斷，這隻鱷魚怪一直生活在阿德萊德河的入海口區域，洄游阿德萊德河，從莫里水道進入了哈里森湖，並在湖岸邊襲擊了人類，不過很明顯，這隻鱷魚怪的食物不可能以人類為主，他們查閱了警方記錄，阿德萊德河入海口區域，百年來也無人類被魔怪襲擊的記錄，鱷魚怪這次襲擊人類，應該是正好發現岸邊小屋住有人，魔怪本性使得它進行了襲擊，兩個失蹤者，其實就是被鱷魚怪吃了。

尾聲

十天後的倫敦，南森和小助手們已經回來幾天了。此時，南森正帶着小助手們在一家商店選購衣物，本傑明早就吵着要買幾件新衣服了。

「你好，你好——」本傑明招呼着店員，他拿着一件襯衣，但是沒找到價格標籤，「請問這件多少錢？」

「這件一百鎊。」店員走過來，微笑着說。

「啊？」本傑明一愣，「這麼貴？太沒道理了……那這件呢？」本傑明說着拿起了另外一件，問道。

「這件……」店員繼續保持着微笑，「這件兩個『啊』。」

本傑明看着那店員，翻了翻眼睛。

另一邊，海倫也在挑選衣服，她挑中了一件紅色的連身裙，她非常滿意，決定去試一試。

「我覺得還是不要試了。」派恩在一邊建議，他抱着假扮玩具狗的保羅，「你穿着這件紅色連身裙，站在馬路邊接個電話，人家都以為你是消防栓呢。」

「派恩——」海倫很不滿地瞪着派恩，「你懂得審美嗎？」

「識別消防栓不需要審美。」派恩嘻笑着說。

「不去煩本傑明，來煩我了？你去和本傑明吵嘴去。」海倫沒好氣地說，她看看不遠處的博士，「博士，你說我穿這件好看嗎？」

「好看。」南森連忙說。

「算了，不問了，你每次的答案都一樣，誰問你都是這個答案。」海倫拿着衣服向試衣間走去，「不懂得審美，這點和派恩一樣。」

買好了衣服，大家說着話，向商場外走去，他們要穿過一個小公園。

「鱷魚呀——」小公園的人工湖那裏，有人驚叫起來。

南森他們一驚，連忙衝了過去，海倫把購物袋都放在地上，準備好來一場惡戰，倫敦的公園裏出現鱷魚，也許又是一隻鱷魚怪。

衝到人工湖邊的大家，看見了一隻趴在湖中心石頭上的鱷魚——長度只有手掌大小，很明顯是一隻寵物鱷魚。

湖邊站了幾個人，都在看着那隻小鱷魚。這個湖不大，長寬都只有十多米。

「嚇死我了。」海倫舒一口氣，轉身回去拿購物袋。

「一定是哪個主人不想養了，就扔到公園的湖裏。」保羅很是憤憤不平，「太不負責任了。」

「這也屬於外來物種入侵。」博士看看本傑明，「本傑明，打電話給市動物管理局，這裏發現外來物種……」

本傑明連忙拿起電話，打給了動物管理局。這時，一直趴在石頭上的鱷魚突然向前一竄，跳進水裏，方向正好是本傑明這邊，本傑明剛剛放下電話。

「來咬你了——本傑明——」派恩突然指着鱷魚大喊起來。

「啊——」本傑明嚇得往後連退兩步。

「哈哈哈——」派恩嘲弄地笑了起來，「小鱷魚也怕——」

「派恩——」本傑明説着就朝派恩追了過去，「我要把你餵了小鱷魚——」

派恩笑着逃跑，本傑明緊追不捨。南森、海倫和保羅在一邊看着，全都笑了。

推理時間

麥克警長，蘇格蘭場（倫敦警察廳）高級督察，南森和警方的聯絡人，也是一名大偵探，屢破奇案。當然，他所偵辦的都是人類世界中的案件。一起來看看他偵辦過的案件，運用你的推理能力，想一想他是如何破案的呢？

贖金

倫敦的大富翁喬爾先生的兒子被綁架了，綁架者給喬爾打電話，勒索贖金。喬爾報警，麥克警長接手了這個案子，他帶着一隊警員驅車來到了喬爾的別墅。

喬爾先生十分沮喪和不安，麥克安慰着他。喬爾説綁架者索要的贖金不是鈔票，而是一枚早期的黑便士郵票。喬爾也是人盡皆知的大集郵家，這張早期的黑便士郵票價值兩百萬英鎊，極為昂貴。

「交付贖金的方式也很奇特。」喬爾對麥克警長説，「綁匪説要我把這張郵票寄到他指定的地點，這個地點在倫敦，可是我查了一下，倫敦沒有這個地方呀。」

「地址在哪裏？」麥克問。

「我記下來了。」喬爾把地址拿給了麥克，「倫敦市切爾西區，米克森大街5號，喬爾收……收信人居然也叫喬爾，我寄給我自己嗎？」

麥克拿過那個地址，仔細看了看，隨後想了想。

「如果向這個地址寄兩百萬鎊的紙幣，顯然不可能。」麥克說，「如果寄一枚等值的郵票，那就容易多了。」

「可是地址……」喬爾說。

「地址是假的，切爾西區根本沒有這條街，當然，收信人一定也是假的。」麥克說着笑了笑，「不過我知道綁匪的大致範圍了，很好查……你寄信就行了，但信封裏不要放黑便士郵票，隨便放一張紙便可以了。」

「啊？」喬爾愣住了。

喬爾按照麥克的要求去做了，一天後，麥克抓到了綁匪。

請問，麥克是怎樣抓到綁匪的？

答案：地址是假的，這封信原本一定會被退回，唯一被收到的可能性就是，綁匪就在切爾西區郵政總局工作，這樣信會先被送到切爾西區郵政總局，綁匪不用安排郵遞員派發，直接拿走。喬爾只要寄出信，麥克在切爾西區郵政總局布置人手，發現誰拿走信誰就是綁匪。

魔幻偵探所 38

致命翻滾

作　　者：關景峰
繪　　圖：陳焯嘉
策　　劃：甄艷慈
責任編輯：周詩韵
美術設計：李成宇
出　　版：新雅文化事業有限公司
香港英皇道499號北角工業大廈18樓
電話：（852）2138 7998
傳真：（852）2597 4003
網址：http://www.sunya.com.hk
電郵：marketing@sunya.com.hk
發　　行：香港聯合書刊物流有限公司
香港新界大埔汀麗路36號中華商務印刷大廈3字樓
電話：（852）2150 2100　傳真：（852）2407 3062
電郵：info@suplogistics.com.hk
印　　刷：中華商務彩色印刷有限公司
香港新界大埔汀麗路36號
版　　次：二〇一九年一月初版

ISBN：978-962-08-7203-7

18/F, North Point Industrial Building, 499 King's Road, Hong Kong
Published and printed in Hong Kong

精彩內容試閱

時空調查科 1
法老王宮裏的秘密

CHAPTER 1・任務

格陵蘭島東南一千公里的海面上……

如果……

你向四面觀看，滿眼都是平靜的海面，這是大西洋的海面，如果再仔細看，落潮的時候，你會看到一個突出海平面不到五米的島礁，而漲潮的時候，這個島礁則完全被海水淹沒。誰也不會知道，島礁的南部有一個岩洞，而沿着這個岩洞下去，通過一條幾乎直上直下的通道，在海平面下兩百米處，就是全球特種警察機構總部所在地。我，凱文，就是這個機構中最神秘的部門——時空調查科的核心成員。

世界上的惡人作惡，從來不擇手段，一種特異的犯罪手段——穿越時空已經出現，那些有穿越時空能力的罪犯，或自己隱匿於過往的任何歷史時刻中，逃避打擊，或將贓物藏匿於從前的時空，還有的跨越時空直接犯罪，全球特種警察機構因此從全球範圍內尋找到具有超能力的人，能夠穿越時空，並具有高超的能量和能力，組成特種小組，穿越時空調查，緝拿那些罪犯。

我，凱文，十三歲；張琳，十三歲；西恩，十二歲，我們就是被遴選出來的超能力特工，我們三個組成了時空調查科最強最有力的調查小組，我們的代號——阿爾法小組。

我穿行在總部大樓裏，高高的玻璃幕牆外，就是大西洋的海水。這裏遠離航道，這裏是那些罪犯最想摧毀的地方，接近這裏的人，不是自己人，就是罪犯，自己人都會被系統識別出來，罪犯想接近這裏，一千米外就會被發現，而且在碧波萬里的大海之上，無論他是從海面還是從海底接近，都顯得特別的突兀，這也是總部大樓修建在這裏的重要原因。

「……凱文，聽説了嗎，羅密歐小組穿越到了冰河時代，從那裏抓到一個罪犯帶了回來。」強壯的西恩跟在我身後，他個子也很高，「這是調查科所有小組穿越的最遠時間了，接近極限了……」

「會有人打破這個極限的，極限就是用來被打破的。」我一邊走，一邊平靜地說。

「信心真足呀。」西恩連忙說道，他略微壓低了聲音，「嗨，這次的任務能透露一些嗎？穿越回去一千年？兩千年？亞洲？美洲？南極洲？」

「真是夠囉嗦。」我目視着前方，加快腳步，前面就是行動處處長諾曼先生的辦公室了，諾曼先生是特種警察機構的二號人物，調查科就是他主管的，「我也不知道，到了就知道了。」

西恩也加快腳步，我們來到辦公室門口，西恩敲了敲門，裏面傳來請進的聲音，我們推門進去。

「你們現在才來？」沙發上，張琳轉過身來，看着我倆，怎麼說呢，她是一個非常嚴謹的人，還很嚴肅。一個小女孩，經常用教訓人的口吻說話。張琳不怎麼愛笑，我都記不清她上一次笑是什麼時候了。

「約定時間是一點正，西恩敲門的時間是十二點五十九分五十七秒，我們進門的時間是一點零二秒，嚴格來説很準時，不算遲到。」我説道，老實説，我很不喜歡張琳這種過於認真的樣子，她做什麼事都這樣。

「你們都坐下吧。」辦公桌後，身材高大的諾曼先生説道。

「好久不見。」西恩對張琳小小地招招手，滿臉春風地説，他對張琳總是一直恭敬有加的，就像他欠了張琳什麼一樣，但我可不一樣，我一直很難容忍張琳那副高傲的樣子，當然，張琳對我有同樣的感覺。

「才一個月。」張琳小聲説了一句，除了公事，她對西恩經常是視如空氣的，這就是她的性格。

「毒狼集團，我想你們都知道。」諾曼先生説着從辦公桌上拿了三份資料，西恩連忙起身接過資料，遞給我和張琳，自己也留了一份。

「毒狼集團十年前在我們計劃進行大收網的時候，得到風聲，幾個主要成員四散逃脫，臨解散前，他們將毒品等贓物賣掉，用全部資金購入了一顆價值一億美元的藍色鑽石，這枚鑽石是他們重新啟動的資金，也就是說，把這枚鑽石變賣，他們就有了啟動資金。經過這十年，他們的主要成員陸續落網，但有一個叫威爾森的人……」諾曼先生開始介紹情況，他背後的投影熒幕上，出現了一個長相兇惡的傢伙，諾曼指着那人，「這就是威爾森，照片有些模糊，我們對這個傢伙的情況掌握得不多，現在，我們得到線報，威爾森在忙着聚集殘部，然後就要取回那顆鑽石，有了資金，他就能徹底重啟這個團夥了，我們一定要阻止他！」

「諾曼先生，這應該是行動科負責吧……」西恩舉手問道，的確，確定目標後的跟蹤抓捕的確要行動科負責。

「特工056，你說得對。」諾曼看看西恩，056是西恩的代號，我的代號是051，張琳的代號是059，「但是那顆鑽石被毒狼集團當時的頭目辛克放到了將近五千年前的古埃及，大概是法老王尼特倫時期。辛克也是一名超能力者，具備穿越能力，三年前他已經被警方擊斃了，威爾森是他的繼承者，本身也具備穿越能力，不知道他親自去還是派人前往古埃及取回那顆鑽石，當初辛克把鑽石放到古埃及，就是怕在現今時空我們能相對輕鬆地找到鑽石，而四、五千年前是他能穿越到古代的極限時間了，不過我們的卧底得到了一些資訊，現在……」

諾曼先生説着，嚴肅起來，他認真地看着我們，此時，我感到事態很嚴重了。

「特工051、056、059，你們穿越到古埃及去，積極調查，運用你們的一切超能力，一定要搶在威爾森前拿到那顆鑽石！」

「是——」我們三個一起站起來，挺直了胸，大聲回答。

「仔細看你們手上的資料，這是我們全部的

線報和情報分析結果。」諾曼看了看我，「和以前一樣，051號特工凱文，你擔當小組的分析大師，059號特工張琳，你擔當攻擊大師，056號特工西恩，你擔當防衛大師，你們三人的組合是調查科中實力最強大的，我知道這次任務危險重重，但相信和以往一樣，你們能順利地完成任務！」

「是——」我們三個再次一起回答。

想知道阿爾法小組在古埃及會遇到怎樣的危機？

他們真的能順利完成任務嗎？

請看《時空調查科❶法老王宮裏的秘密》！